Étranges
nouvelles

Catherine Lamielle

Étranges nouvelles

Les Éditions du Panthéon
27, cité industrielle - 75011 Paris
Tél. 01 43 71 14 72 - Fax 01 43 71 14 46

Merci à Christine Poutas pour sa relecture précise et ses commentaires éclairés.

© Catherine Lamielle
et Les Éditions du Panthéon, 2005

ISBN 2-7547-0007-2

LORSQUE LE PASSÉ
REJOINT LE PRÉSENT

UN TABLEAU

DONT PERSONNE NE VOULAIT

Il est entré chez nous par hasard. Il faisait partie de l'héritage de ma tante et personne ne l'aimait vraiment ; j'étais la seule à qui il plaisait un peu, alors, nous l'avons accepté. Il a tout de suite su trouver sa place dans notre maison. La cage d'escalier est devenue son écrin. Elle le met merveilleusement en valeur ; lui, il l'éclaircit, l'illumine, réduit sa trop grande hauteur, il la rend intéressante et lui donne vie.

Je n'avais jamais prêté une attention particulière à ce tableau chez ma tante. Il était accroché au milieu d'un grand mur, au-dessus d'un buffet recouvert d'une multitude d'objets décoratifs, assez jolis d'ailleurs. Bien sûr, j'avais remarqué le défaut de perspective qu'il présentait, les couleurs jaune doré, ocres, marrons, noires... Mais j'aurais été incapable de le décrire avec précision sans l'avoir sous les yeux.

La toile n'est pas datée. Le tableau est un original signé d'un nom breton.
Il représente une pièce mansardée, peut-être un grenier ou une pièce de travail.
Une machine à coudre, d'un modèle ancien, trône au premier plan, à gauche, devant une porte-fenêtre. Il n'y a

pas de chaise devant cette machine mais un prie-Dieu se dresse à côté. Le parquet, ciré, est en partie recouvert d'un tapis, à dominante rouge, sur lequel se trouve, au premier plan, à droite, une table ronde entourée de quelques chaises. Un bouquet de fleurs jaunes dans un vase de cristal et un magazine sont posés sur la table, les fleurs fraîches du vase perdent quelques pétales.

À l'arrière-plan, derrière de belles poutres, on distingue confusément une autre pièce avec un lit recouvert de blanc, surmonté d'une petite fenêtre.

L'ensemble est parfaitement harmonieux, il s'en dégage une impression de confort, de chaleur et de calme. Le soleil est partout présent, mais sans agressivité, simplement par ce fond jaune doré et ces taches de lumière de-ci de-là.

Le défaut de perspective de ce tableau m'a longtemps troublée ; la maîtrise du peintre étant évidente, le défaut était donc volontaire, ou... ce n'était pas un défaut. Il m'a fallu monter de nombreuses fois notre escalier pour comprendre que je ne devais pas regarder le tableau de face, je devais le regarder depuis le bas de l'escalier à droite. Le défaut de perspective s'estompait alors et j'avais la même vision que celle du peintre, celle d'une mezzanine vue de l'étage inférieur.

Ma tante n'avait aucune attache bretonne ; sa famille était originaire du Nord et sa belle-famille appartenait à la haute société bordelaise. Elle n'allait jamais en Bretagne non plus ; elle passait ses vacances à Cannes. J'ignore pourquoi ce tableau lui a été offert. Il n'est comparable à aucun de ses autres tableaux. Il ne s'accorde pas avec le mobilier de son appartement parisien et je sais qu'elle n'aurait jamais acheté une peinture de ce style. Elle semblait malgré tout lui accorder beaucoup de prix.

Si j'ignore tout de la raison du choix de ce tableau, je connais par contre un peu la personnalité de celui qui l'a offert à ma tante. C'est un Juif d'origine allemande, installé depuis plus de soixante ans à Paris. Il dirige une société de produits de beauté très réputée ; sa clientèle est internationale.

Pendant la dernière guerre, il a dû fuir Paris en abandonnant ses appartements et sa société. Ma tante et son mari ont géré ses affaires, au mieux de ses intérêts, jusqu'à la fin du conflit.

Il leur en est resté extrêmement reconnaissant et, à la mort de mon oncle, il a fait en sorte que ma tante soit aussi gâtée qu'elle l'avait toujours été par un mari plus âgé qu'elle et qui l'adorait.

Lui non plus n'a aucun lien avec la Bretagne.

Je ne suis pas d'origine bretonne, mon mari non plus, mais c'est une région que nous aimons beaucoup. Nous avons passé nos premières vacances communes dans les Côtes-d'Armor. Nous y retournons régulièrement et ces séjours correspondent à un véritable besoin, à tel point que nous projetons d'acheter, là-bas, une vieille bâtisse que nous restaurerons petit à petit.

Bien sûr, il y a cette propriété en haut de la falaise, à l'extrémité du chemin des douaniers, face à Fort-La-Latte ; une propriété que toute la famille appelle « ma maison ». Elle est en granit avec des volets blancs. Elle est toujours fermée lorsque nous allons la voir en hiver ou au printemps. Les propriétaires y accèdent par un chemin privé ; un escalier taillé à même la falaise leur permet de descendre sur la plage à marée basse. Elle est très ancienne et possède sa propre chapelle. Le parc qui l'entoure est vaste. Elle semble défier le temps, défier les éléments. Face à l'immensité de la mer, et sur le fond infini du ciel, elle paraît inébranlable et éternelle et c'est pour cela que je l'aime.

Elle n'est jamais louée. Elle n'est pas à vendre non plus; alors, nous nous contentons de l'admirer et de rêver, tout haut, qu'un jour nous nous y installerons.

Les commerçants nous ont appris que « ma » maison appartenait depuis des générations à une famille de Rennes, qui y passe la plupart des week-ends d'été et une partie des grandes vacances.
Nous n'allons jamais là-bas l'été. Il faut que nous le fassions. Il faut que nous en sachions un peu plus sur « ma » maison et que nous entrions en contact avec les propriétaires des lieux. Il ne doit pas être très difficile de trouver un prétexte pour lier connaissance.

Côtes-d'Armor, juillet 1993

Nous sommes sur la plage et nous avons repéré les propriétaires de « ma » maison. Pendant une bonne semaine, avec la complicité de nos enfants, nous les observons, notons leurs habitudes, cherchons à savoir qui ils sont vraiment, ce qui les intéresse… Ils ont une quarantaine d'années et leurs quatre enfants sont un peu plus âgés que les nôtres. Leurs lectures de plage sont très quelconques, leurs activités tout à fait banales. Les bribes de conversations que nous surprenons laissent à penser qu'ils ont des difficultés d'argent et des problèmes de couple. Je suis très déçue; ces gens sont trop communs pour habiter « ma » maison.
Nous devons agir rapidement. Nous devons intervenir, « ma » maison ne doit pas rester entre leurs mains, ils ne la méritent pas.

Nous décidons de nous présenter à eux comme les futurs auteurs d'un ouvrage sur l'habitat en Côtes-d'Armor. Nous achetons quelques livres d'architecture et d'histoire bretonnes, nous les étudions à fond et entrons en contact avec nos « victimes ». Le vernis que nous avons acquis les éblouit, leur vanité est flattée. Rendez-vous est pris ; dès demain, ils nous feront visiter leur maison, « ma » maison.

Je n'arrive pas à dormir. Je ne tiens pas en place. Je sors, je retourne voir « ma » maison. Elle est encore plus belle sous le clair de lune, plus mystérieuse, en parfaite symbiose avec la nature qui l'entoure. Je sens qu'elle se rapproche de moi ; je suis très près de mon but. Nous ne devrons faire aucun faux pas demain.

Nous y sommes, nous avons franchi le portail et fait nos premiers pas dans l'allée. Les propriétaires nous attendent sur le porche de la maison. Nous dépassons la chapelle. Les enfants ne disent pas un mot ; ils ont compris l'enjeu de cette visite et sont prêts à jouer leur rôle.
Nous commençons par une visite de l'extérieur. Le temps est magnifique et la vue dégagée bien au-delà de Fort-La-Latte. Les propriétaires n'ont apparemment pas prévu de nous offrir à boire. Il nous faudra être habiles pour faire durer notre visite le plus longtemps possible.
Je m'extasie sur la beauté de la maison, sur son style, je fais des photos. Mon mari, lui, se comporte comme un expert en bâtiment. Tout au long de la visite, il examine attentivement, en prenant des notes, chaque partie de la maison, du toit au sol, en passant par les façades, les fenêtres, les volets… Il en relève chaque défaut, exagère leur gravité et conseille de faire faire rapidement des travaux de rénovation. Il va même jusqu'à établir un devis

estimatif de ces travaux ! Le prix des réparations monte inexorablement. Nos hôtes sont atterrés. Nous avons gagné la première manche.

La seconde manche se jouera à l'intérieur, et nous devrons jouer très serré.

Nous entrons par la porte de service et débouchons dans un vaste cellier attenant à la cuisine. Les murs du cellier sont sales et humides, le sol dans un piteux état. Mon mari parle de risques d'infiltrations : il faut refaire le carrelage, assainir les murs... Bref, prévoir d'autres dépenses. La visite continue. La cuisine est grande et belle, mais vétuste et, là encore, de nombreux travaux s'imposent. Après la cuisine, nous arrivons dans une petite entrée donnant accès à la salle à manger. La salle à manger étant dans un état tout à fait correct, mon mari « s'attaque » à l'installation électrique : elle doit être reprise dans toute la maison, il y a urgence, il y va de la sécurité de tous, c'est le premier travail à entreprendre ! La salle à manger communique avec un vaste salon ouvrant sur une terrasse dominant la mer : cette pièce est absolument merveilleuse, même mon mari n'y trouvera rien à redire.

Calmes et réservés jusqu'à présent, nos enfants ont compris, sur un signe de ma part, qu'ils devaient entrer en scène. Le petit nous quitte pour courir sur la terrasse, je le rattrape en prenant tout mon temps. Le second dit qu'il a très soif. Quant à l'aîné, il demande où sont les toilettes ! Nous gagnons ainsi un précieux quart d'heure pour nous imprégner plus encore de l'atmosphère de « ma » maison. Nous abordons maintenant la visite du premier étage, qui précédera celle du grenier que nous avons, bien sûr, demandé à voir ; les greniers sont souvent tellement révélateurs de l'esprit d'une maison... Et de son état !

L'escalier menant au premier étage se trouve à l'arrière du salon dont il occupe toute la largeur. Les deux premières pièces sont d'assez jolies chambres avec leurs parquets d'origine, en chêne..., à poncer et vernir pour qu'ils résistent au sable !

La salle de bains est aussi vétuste que la cuisine. Nous n'avons même pas à inventer des problèmes d'infiltration, il y a bel et bien une fuite, peu importante, mais suffisante pour causer d'irréparables dégâts à la longue.

Nous abordons la dernière chambre, elle est immense et comporte même une mezzanine. Je m'arrête net. Mon mari et les enfants sont déjà dans la pièce, ils n'ont rien remarqué. Je suis incapable d'avancer. J'ai les yeux rivés sur la mezzanine, *ou plutôt sur notre tableau*, car c'est bien de cela dont il s'agit. Je retrouve tout : le tapis à dominante rouge, le prie-Dieu, le lit recouvert de blanc à l'arrière et même le bouquet de fleurs jaunes. Le soleil illumine la pièce et lui donne cette couleur jaune doré qui fait la beauté de notre tableau. Seule la machine à coudre manque, mais, si nous achetons « ma » maison, je pourrai reconstituer l'image ; la machine à coudre, nous l'avons : celle que m'a laissée ma grand-mère est exactement la même que celle représentée par le peintre. Il n'y a donc plus à hésiter, cette maison est réellement faite pour nous, nous devons l'obtenir quel qu'en soit le prix.

Ce qui se passe en ce moment n'est pas dû au hasard. Nous avons un rôle à jouer.

La mezzanine est contiguë au grenier. Le grenier n'a rien d'extraordinaire. Mon mari explique qu'il est impératif et urgent de faire traiter les poutres en profondeur pour éviter les termites ou autres nuisibles.

Nous redescendons, nous nous attardons un peu sur le porche avec nos hôtes, nous leur donnons quelques noms d'entreprises à consulter pour effectuer les travaux les plus urgents, et, par petites touches, nous les incitons à vendre leur maison. Nous leur suggérons même de garder la moitié du terrain et de faire construire une maison de vacances, facile à entretenir et beaucoup moins coûteuse que leur vieille bâtisse.

J'ai remarqué, au cours de la visite, qu'ils avaient quelques tableaux dans le salon et dans l'escalier, j'engage la conversation sur ce thème et mentionne incidemment le nom du peintre de notre tableau. Connaîtraient-ils ce peintre ? Ils n'en ont jamais entendu parler.

Nous nous quittons « bons amis ».

Les vacances reprennent leur cours. Chaque jour, nous bavardons quelques minutes avec nos nouveaux « amis » et, à la fin des vacances, nous leur laissons notre carte en leur demandant de nous prévenir si jamais ils décident de vendre la maison ; nous avons beaucoup de relations et nous pourrons les aider.

Paris, décembre 1993

Ils nous ont appelés. Ils vendent « ma » maison. Ils n'ont encore confié sa vente à personne. Nous leur conseillons une agence dont nous connaissons bien le gérant et les assurons que nous allons prévenir immédiatement des amis à nous qui pourraient être intéressés. Nous attendons une semaine et partons là-bas. Ils ont suivi toutes nos recommandations : la maison est en vente dans l'agence que nous avons choisie. Ils ont également séparé le parc en deux lots.

Je laisse à l'agence une carte à mon nom de jeune fille ; nous ne voulons pas courir le risque d'être reconnus.

Nous nous rendons ensuite chez tous les commerçants

proches et leur racontons que nous nous sommes enfin décidés à acheter une maison ici, que nous en avons visité plusieurs, que « ma » maison nous plaît beaucoup mais qu'elle est dans un tel état qu'il ne nous paraît pas raisonnable de l'acheter : les réparations indispensables seraient extrêmement coûteuses !

Nous laissons passer quelques jours et retournons à l'agence, aucun acheteur ne s'est encore présenté. Nous engageons la conversation avec le gérant sur l'état de la maison et les travaux de rénovation à prévoir. Nous lui faisons part de notre inquiétude en lui rapportant les propos alarmants « entendus » chez la plupart des commerçants de la ville. Nous obtenons une première baisse de prix. Nous continuons à faire circuler des rumeurs sur l'état alarmant de la maison... Elles nous reviennent, amplifiées bien sûr !

Au bout d'une semaine, l'agence baisse à nouveau son prix. Les propriétaires n'iront pas plus loin, nous risquons de tout perdre en insistant.

Il faut maintenant que nous rassemblions les fonds, mais, même avec prêts, nous n'atteignons pas la somme nécessaire.

Je décide de jouer le tout pour le tout. J'appelle l'ami de ma tante. Il ne m'a vue qu'une fois, mais il se souvient parfaitement de moi. Je lui parle de « ma » maison, du tableau et de la mezzanine. Je lui demande ce que tout cela veut dire. Il reste longtemps silencieux, puis, d'une voix saccadée, il me dit qu'il n'y a pas une seconde à perdre, que je dois faire préparer la vente à mon nom, que je ne dois pas m'inquiéter du financement de l'opération, que l'important c'est d'obtenir cette maison, qu'il part, dès ce soir, pour nous rejoindre et que nous réglerons les « détails » demain. Il raccroche avant de m'avoir donné la moindre explication. J'ai confiance en lui ; je n'hésite pas une seconde et conclus l'affaire avec l'agence. La promesse de vente pourra être signée demain.

Côtes-d'Armor, le 12 janvier 1994

Jamais je n'oublierai cette date. L'ami de ma tante est là. Il nous invite au restaurant, nous demande le prix de la maison, combien il nous manque pour l'acheter et nous signe immédiatement un chèque d'un montant bien plus important. En contrepartie, nous devrons rénover la maison de fonds en combles selon ses consignes, l'entretenir et lui en laisser l'usage, à tout moment, jusqu'à sa mort. Il évitera d'y aller pendant les congés scolaires. Nous ne pouvons qu'accepter ce « contrat ».

L'histoire du tableau, celle de la maison, le lien entre les deux, il ne nous en parlera pas ce jour-là. Il veut être dans la maison pour le faire.

La promesse de vente est signée. Dans quelques semaines nous serons propriétaires, nous connaîtrons enfin le pourquoi de cette histoire.

Côtes-d'Armor, un soir de mai 1994

Nous avons les clefs ! Nous avons réussi !

Nous sommes tous réunis dans le salon. L'ami de ma tante vient d'arriver. Il a l'air particulièrement ému. Il se dirige tout de suite vers la chambre, vers la mezzanine. Non, rien n'a changé, tout est exactement comme en cette nuit de mars 1942 : la table, le tapis, le parquet, la machine à coudre que nous avons apportée... L'émotion le submerge. Il nous rejoint au salon où nous lui avons préparé un verre. Il se remet lentement. Nous restons silencieux, attendant avec impatience son récit. Il est enfin prêt à nous parler du tableau, prêt à nous raconter l'histoire de cette nuit-là.

Paris, mars 1942

Il était jeune, riche et il avait peur. Son frère avait fui l'Allemagne pour les Etats-Unis depuis plusieurs mois déjà. Lui n'avait pas été inquiété jusqu'à présent, mais il voyait ses amis juifs partir les uns après les autres et il sentait l'étau nazi se resserrer lentement autour de lui. Alors, le 2 mars 1942, il se résout enfin à quitter la France qu'il aime tant. Il confie ses affaires à ma tante et à son mari, les seules personnes qu'il a mises au courant de son projet.

Il voyage de nuit, caché à l'arrière d'un camion. Il ne voit rien. Par sécurité, on ne lui a pas donné le nom du chauffeur, ni celui de la femme qui l'accompagne. Il ne connaît que leurs prénoms, faux probablement. On ne lui a rien dit, non plus, de son trajet ; rien dit de sa destination. Il sait seulement que, quelque part, un bateau l'attend qui lui permettra de rejoindre son frère.

Le trajet achevé, il peut enfin sortir et se reposer quelques minutes dans la maison où l'on décharge le camion. Ils ont un peu d'avance, le bateau n'est pas encore arrivé. Il se réfugie dans la pièce à la mezzanine. Pendant l'interminable quart d'heure d'attente du bateau, il ne verra que cette mezzanine et chaque détail de cette pièce se gravera dans sa mémoire avec une incroyable précision. Le bateau arrive enfin. À l'extérieur, il ne distingue rien, ni la côte, ni Fort-La-Latte, ni même la maison tellement le brouillard est épais. Le seul souvenir qu'il gardera de cet endroit, de cette nuit, c'est celui de la mezzanine. Pour lui, elle est devenue le symbole de la France, ce pays où il avait choisi de vivre, le symbole de cette liberté qu'il a failli perdre, une image qu'il doit à tout prix garder, une image d'espoir qui le soutiendra dans son exil.

Arrivé aux Etats-Unis, il se rapproche de la communauté française et rencontre plusieurs artistes, dont ce peintre breton qui essaie tant bien que mal de vivre de sa peinture. Pour l'aider, l'ami de ma tante lui commande notre tableau qui sera réalisé à partir d'une description orale de la mezzanine. Cette mezzanine, il ne l'a vue que de nuit, mais c'est un symbole d'espoir, alors, il préfère l'imaginer pleine de soleil, comme il la verra peut-être lorsqu'il pourra rentrer dans son pays. Le travail du peintre est long et difficile, mais le résultat, qui mêle réalisme et poésie, dépasse toutes les espérances de l'ami de ma tante.

De retour en France, il tente de localiser « la maison à la mezzanine », il aimerait la revoir et remercier ceux qui l'ont aidé à fuir. Tous les gens qui pourraient le renseigner ont disparu. Il ignore même si la maison se trouve en Normandie ou en Bretagne. Il abandonne assez rapidement ses recherches. Il doit penser à l'avenir maintenant.

Il offre le tableau à ma tante et à son mari, les associant, par cet hommage, à sa liberté retrouvée.

Notre appel l'a replongé dans le passé. Il est heureux que nous ayons hérité de ce tableau, heureux que nous ayons acheté cette maison et que nous l'aimions tant. Il a enfin pu éclaircir cette partie encore obscure de sa vie. Il va pouvoir payer sa dernière dette.

Il s'explique avec nos vendeurs, leur raconte son histoire. Le mari confirme : ses parents ont bien prêté cette maison pour aider de nombreuses personnes à quitter la France occupée.

Pour les remercier, l'ami de ma tante décide de financer leur future maison. Elle sera bien plus belle que tout ce qu'ils auraient pu s'offrir.

Notre conscience est soulagée, nos futurs voisins sont gagnants dans cette affaire et nous pourrons peut-être devenir de vrais amis... en arrangeant un peu la vérité !

D'ailleurs, qu'avons-nous à nous reprocher ?
Nous n'avons été qu'un instrument dans cette histoire ; tout était écrit depuis longtemps déjà.

LA BAGUE DE RUBIS

Cette bague, plus que centenaire, est pour moi un objet unique, précieux entre tous. Elle est chargée du souvenir de ma grand-mère Louise, qui ne s'en séparait jamais. Dans cette œuvre d'art, l'orfèvre a allié le rouge passion du rubis et la brillance infinie du diamant à la perfection de l'or.

Ma grand-mère a porté cette bague pendant quarante ans exactement. Je l'ai mise, pour la première fois, le jour de mes quarante ans. Faut-il voir dans ce chiffre un symbole ? Sans doute. Alors, en mémoire de Louise, j'ai fait vœu de garder toujours cette bague à mon doigt.

D'ailleurs, j'en ai besoin, elle m'est utile pour m'évader de la réalité : j'appuie discrètement mon visage sur mes mains, je la regarde en transparence et, très vite, je suis ailleurs.

L'histoire que je vais vous raconter a commencé lors d'une de ces réunions mortellement ennuyeuses auxquelles je suis parfois tenue d'assister. J'écoutais l'orateur d'une oreille distraite et j'observais en même temps les multiples facettes de ma bague.

Mon regard fut soudain arrêté par un reflet curieux, une forme sombre au milieu du rouge, du blanc et de l'or. Je savais que ma bague était parfaitement propre ; il ne s'agissait donc pas d'une tache. Il ne s'agissait pas, non plus, de la réflexion d'un objet ou d'une personne de la pièce. Il s'agissait de tout autre chose. *Il s'agissait de quelque chose venu de très loin. Quelque chose qui était en train de se transformer lentement pour prendre peu à peu la forme d'un visage.* Ce visage m'était familier. C'était un visage masculin mais sa ressemblance avec le visage de ma grand-mère était frappante. Je n'osais plus bouger, de peur de perdre cette vision magique. Ma grand-mère avait eu cinq frères, je n'en avais connu que deux. Le visage que je voyais n'appartenait à aucun de ces deux frères. J'essayais de me remémorer les photos jaunies des vieux albums que j'avais maintes fois feuilletés. Je n'eus pas le temps de réfléchir, *le visage voulait me parler*, il n'attendait qu'un signe de ma part pour se lancer. Je murmurai « je t'écoute » aussi bas que je le pus ; je crois malgré tout que mes voisins m'entendirent... Mais j'étais déjà tellement loin de la réunion !

Ces quelques mots suffirent au visage et il se mit à parler. Je voyais clairement les mouvements de sa bouche, mais je n'entendais aucun son. Il allait beaucoup trop vite pour que je puisse lire sur ses lèvres. Je lui demandai de recommencer beaucoup plus lentement. Il le fit et nous pûmes enfin communiquer. Voici, à peu près, ce qu'il me dit :

« Tu es la première personne à avoir compris que je voulais parler. Il faut absolument que tu m'écoutes jusqu'au bout. Je suis Charles, le grand-père de Louise, le père de son père. Je suis mort le 6 juillet 1860 des suites d'une chute de charrette ; mon cheval s'est emballé. Tout le monde a cru qu'il s'agissait d'un accident. Ce n'était pas un accident. Quelqu'un s'est placé à l'endroit le plus dangereux du chemin que j'empruntais chaque jour pour rentrer à la maison et c'est ce quelqu'un qui a volontairement effrayé mon cheval. Il ne peut s'agir que de Robert ; c'est le seul ennemi que j'ai jamais eu. Il faut absolument que tu rétablisses la vérité, que tu me venges. Va dans notre village dès que tu le pourras. Je t'aiderai, je trouverai un moyen de te guider d'une manière ou d'une autre. Tu es mon unique chance. »

La réunion s'est terminée, les gens m'ont regardée bizarrement mais sont sortis de la salle sans rien oser me dire. J'ai repris mes esprits, rangé mes affaires, quitté la salle et annoncé que je prenais une semaine de vacances en Alsace pour me rendre dans le village de ma famille où j'avais d'importantes affaires à régler.

Mon enquête n'allait pas être facile, je devais agir très discrètement. Je m'installai chez une cousine et prétextai une étude sociologique sur l'évolution de la cellule familiale. J'expliquai que notre famille était particulièrement intéressante, notamment parce qu'elle s'était très peu dispersée géographiquement.

Notre arbre généalogique remonte jusqu'au XVIIe siècle. Je l'avais étudié soigneusement avant de partir et j'avais découvert qu'un des cousins de Charles se prénommait Robert. Je décidai de commencer mes recherches par les descendants de Charles, puis par ceux de Robert.

Le plus jeune frère de ma grand-mère était encore vivant. Je passai tout un après-midi avec lui. Il me rappela les circonstances précises de la mort de Charles : ils étaient deux dans cette charrette ; Charles était accompagné d'un ami qui l'avait aidé aux travaux des champs. Lorsque le cheval s'emballa et que la charrette versa, Charles heurta très violemment l'arceau avec sa tempe droite ; il put toutefois se relever et secourir son ami fortement commotionné et qui saignait abondamment ; il parvint même à reprendre la route et à atteindre le village. On soigna l'ami. Charles, qui n'avait pas de blessure apparente, fut allongé sur son lit. Il mourut la nuit même d'une hémorragie interne.

Je quittai mon grand-oncle avec une liste de noms de personnes à rencontrer.

Une première visite chez des descendants du cousin Robert me permit, assez facilement, de vérifier qu'un différend avait bien existé entre mon aïeul et Robert, à propos de la répartition de quelques champs lors d'un héritage. Ce différend s'était transmis de génération en génération et les deux branches de la famille ne se fréquentaient plus guère que lors des fêtes du village ou à l'occasion de mariages. Je fus, malgré tout, très bien reçue.

Après la Seconde Guerre mondiale, mon village était petit à petit devenu un gros bourg ; le travail offert par les raffineries des alentours et la proximité de l'Allemagne avaient attiré beaucoup d'Alsaciens. Cette transformation ne facilitait pas mes recherches.
Pour en savoir plus, j'allai voir le curé de la vieille église et lui demandai qui était la personne la plus âgée du village, n'en ayant jamais bougé, connaissant toutes les familles d'autrefois et leurs histoires et ayant encore... « toute sa tête ». Il me conseilla d'aller voir « La Mathilde ».

Mathilde ne demandait qu'à parler. Notre conversation dura près de cinq heures et les choses commencèrent à s'éclaircir. J'avais le sentiment d'être à l'extrémité d'une bobine et d'en dérouler lentement le fil. *Charles était en moi, ses idées m'habitaient complètement, il me conseillait, me soufflait les bonnes questions.*

J'orientai ma conversation avec Mathilde sur Robert et ses descendants.
La famille de Robert semblait avoir été frappée d'une véritable malédiction. Chaque génération avait déploré un décès accidentel. Il y avait d'abord eu Robert : il était mort au cours du banquet d'un mariage en s'étouffant avec une arête. Quelques années plus tard, sa fille s'était suicidée d'une balle dans la tête, au beau milieu de la procession de chars de la fête du village. Environ dix ans après cette tragédie, l'un des petits-fils de Robert avait fait une chute mortelle dans un escalier, lors d'une surprise-partie. Ma grand-mère m'avait parlé de ce drame, elle était derrière le jeune homme et n'avait pu le retenir. Pour clore cette liste macabre, le deuxième arrière-petit-fils de Robert s'était tué en voiture, au retour des noces d'un cousin. Ce dernier accident, j'en connaissais tous les détails puisque ma propre mère était dans la voiture. C'est sa ceinture de sécurité qui l'avait sauvée.

Au travers des paroles de Mathilde, la vérité se dessinait peu à peu dans toute son horreur. Malgré la peur qui m'envahissait, une force irrésistible me poussait à poser toujours plus de questions. Mathilde ne se faisait pas prier pour répondre ; elle se complaisait dans la morbidité du sujet. Ce qu'elle me dit confirma mes pires craintes. *Chacun de ces accidents avait eu pour témoin une femme de ma famille, une descendante directe de Charles.* La fille aînée de Charles était assise à côté de Robert lors de cette fameuse noce où il trouva la mort ; je pus le vérifier sur de très vieilles photos. Mon arrière-grand-mère avait défilé au côté de la fille de Robert et n'avait pas eu le temps d'intervenir lorsque cette dernière s'était donné la mort; c'est du moins ce que Mathilde avait entendu raconter.

Ces femmes n'avaient-elles été que des témoins ?

J'étais sûre de l'innocence de ma mère et de ma grand-mère. J'étais moins sûre de l'innocence des autres personnes impliquées.

J'essayai d'en apprendre plus sur ces décès. Je me rendis, à tout hasard, au commissariat. La police ne pouvait rien pour moi : ces événements étaient trop anciens. Comme je ne voulais pas parler de meurtres, les questions que je posais étaient imprécises. Les réponses que l'on me donna le furent tout autant. Faire des recherches dans les archives de la police n'était pas possible : la plupart des fichiers avaient été détruits dans la tourmente des deux dernières guerres.

Je ne savais plus que faire. Si les membres de ma famille avaient eu une quelconque responsabilité dans cette série de morts, Charles était vengé au-delà du raisonnable. Je n'avais pas la moindre intention d'allonger la liste des victimes.

Charles ne m'en donna pas le choix.

J'avais sympathisé avec Gilbert, l'un des arrières-arrières-petits-fils de Robert. Il m'avait invitée à la fête qu'il donnait pour ses quarante ans. Il faisait très chaud ce soir-là et, après avoir dansé quelques instants, nous sortîmes pour nous rafraîchir un peu. Nous nous assîmes au fond du jardin, près de la piscine. Nous bavardâmes pendant un bon quart d'heure. Mon étude le passionnait et il me pressait de questions auxquelles je répondais avec de plus en plus de difficultés ; je ne suis pas à l'aise dans le mensonge. J'avais très soif, cela nous décida à regagner la maison. C'est à ce moment-là que l'accident se produisit. Gilbert glissa sur le rebord de la piscine et tomba à l'eau. Je crus d'abord à une plaisanterie, mais son comportement me parut rapidement curieux et je compris qu'il était en train de se noyer. Je criai, mais la fête battait son plein et personne ne m'entendit. Je plongeai et tentai de tirer Gilbert vers l'escalier. Je n'y parvins pas, il se débattait trop. Il ne me restait qu'une seule solution, courir vers la maison et ramener de l'aide. Les secours arrivèrent trop tard, il n'y avait plus rien à faire pour mon cousin.

La police conclut à une mort accidentelle et me dégagea de toute responsabilité.

La série continuait.

J'étais bouleversée. Je n'aurais jamais dû écouter Charles, lui faire confiance, l'encourager à m'en dire plus, à revenir.
Je décidai de régler mes comptes avec mon aïeul. Il fallait à tout prix que je contrecarre ses projets car j'étais persuadée qu'il ne s'arrêterait pas là.

Je savais qu'il continuerait d'allonger cette liste, génération après génération.

Je ne parvins pas à rétablir le contact avec lui, même au travers de la bague.
J'avais fait ce qu'il attendait de moi, je ne lui étais plus

d'aucune utilité maintenant. Il se manifesterait de nouveau auprès de mes enfants pour poursuivre sa vengeance.

Je devais donc faire en sorte que jamais mes enfants ne « voient » Charles, que jamais ils ne rencontrent un membre de la famille de Robert. L'idée était simple, mais, était-elle réalisable ? Moi non plus je n'avais jamais eu aucun contact avec cette famille avant l'apparition de Charles dans ma bague, le jour de cette fameuse réunion. Et j'avais d'emblée fait confiance à mon ancêtre. Il avait su me convaincre ; il en convaincrait d'autres après moi.

J'eus un instant la tentation de vendre la bague. Peut-être était-elle la cause de tout puisque toutes les femmes impliquées dans cette série de morts l'avaient possédée. Je ne le croyais pas vraiment. Ces femmes n'avaient, sans doute, jamais « rencontré » Charles dans la bague. Elles vivaient dans notre village ou, comme ma mère et ma grand-mère, y allaient suffisamment souvent pour que Charles puisse les « utiliser » sans les prévenir. Pour moi, les choses avaient été différentes : j'étais née et je vivais à Paris, il avait donc fallu que Charles trouve le moyen de me faire retourner quelques jours au pays.

Il ne fallait pas que je me sépare de la bague. Elle était peut-être le seul lien qui me restait avec Charles et j'avais besoin d'un moyen de communication avec mon ancêtre si je voulais « agir » sur lui.

L'avenir me donna raison.

Il y avait beaucoup de choses que je n'arrivais pas à m'expliquer dans cette histoire. Je n'avais pas tué Gilbert, ma mère et ma grand-mère n'avaient eu aucune responsabilité dans la mort de leurs cousins. Notre seul tort avait été d'être près d'eux à un moment bien précis de leur vie.

Pour arrêter Charles, je devais absolument comprendre comment il agissait et je ne savais plus du tout vers qui me tourner pour m'aider à résoudre ce mystère.

Je pensai soudain à l'Église.
Il n'était pas question de parler de cela à l'un des curés du village. J'allai directement à la cathédrale de Strasbourg où j'obtins d'être reçue par l'évêque.
Je lui racontai toute l'histoire. Il m'écouta attentivement et, après m'avoir demandé quelques précisions, écarta comme moi l'hypothèse du hasard.
Il me demanda quelques jours de réflexion.

Je rentrai à Paris et repris avec ardeur mon travail et mes activités quotidiennes. Cela m'aida à supporter l'attente.

L'évêque me rappela enfin. Il avait réussi à savoir comment s'était passé l'enterrement de Charles. Étant donné les circonstances de son décès, mon aïeul n'avait pas bénéficié des derniers sacrements. Il était mort seul et le dernier sentiment qui l'avait habité avait probablement été la haine pour son assassin. Son enterrement avait été celui d'un pauvre. Il avait été « bâclé » : la famille et les amis ne s'étaient attardés ni à l'église, ni au cimetière, ni même au café, comme il est d'usage de le faire là-bas. Tout le monde était très vite reparti aux champs. L'été n'est pas une bonne saison pour mourir, lorsque l'on est paysan.

L'évêque tenta ensuite de m'expliquer le pourquoi de cette série de « meurtres ».
Plutôt que de vous livrer mon interprétation, je préfère vous rapporter ses propres paroles :

« Depuis cet enterrement au rabais, l'âme de Charles erre entre terre et ciel, entre vie et mort, à la recherche d'une paix qu'elle n'atteindra jamais sans notre aide. Ce n'est pas Charles qui se venge de son cousin; votre malheureux ancêtre est devenu l'instrument d'une puissance infiniment redoutable, celle du maître des ténèbres, de Lucifer ou encore du diable si vous préférez le nommer ainsi. C'est cette puissance que nous allons devoir affronter. C'est Lucifer lui-même que nous devons neutraliser pour que Charles puisse enfin aller là où il doit aller. Les âmes perdues se comptent par millions; Charles a beaucoup de chance que vous ayez eu l'idée de vous confier à moi. Nous parviendrons à le sortir de là. »

L'évêque me suggéra alors d'exhumer Charles et de l'enterrer à nouveau, en grandes pompes cette fois-ci. Il me proposa de célébrer lui-même la messe. Il se chargerait de présenter l'affaire au prêtre de notre vieille paroisse. Pour ma part, il me suffirait de dire à mes cousins, qu'au travers de mes recherches, Charles m'était apparu comme quelqu'un de très attachant et que j'avais été attristée en réalisant qu'il n'était pas mort entouré et honoré comme il aurait dû l'être.

Malgré mon scepticisme, j'acceptai la proposition de l'évêque. Depuis ma première « conversation » avec mon aïeul, l'irrationnel avait fait irruption dans ma vie et je n'avais pas grand-chose à perdre à suivre les conseils du prélat.

Nous choisîmes le 6 juillet 1990, jour anniversaire de la mort de Charles, pour cette cérémonie. Toute ma famille était là et tous les anciens du village s'étaient déplacés pour voir... le spectacle.

L'évêque parla avec chaleur de mon ancêtre, comme s'il

avait été l'un de ses amis proches. L'émotion se transmit à l'assemblée. Charles était vraiment l'un des nôtres, sa présence était palpable.

J'avais commandé un très beau cercueil ; nous le portâmes jusqu'au cimetière où j'avais fait changer la tombe de mes ancêtres. Tout le monde accompagna Charles, cette fois-ci. Nous priâmes quelques minutes puis nous rassemblâmes au presbytère où j'avais fait livrer un superbe buffet. La fête fut très joyeuse.

Charles pouvait reposer en paix maintenant.

Le soir même, *il réapparut dans ma bague.* Il me fit comprendre combien il était heureux, apaisé. Il me promit d'arrêter là sa vengeance et jura que, ni mes enfants, ni moi, ne le reverrions jamais. Je ne voulais pas le perdre. Je le lui dis. Alors, nous décidâmes qu'il me rendrait visite de temps en temps.

Il tient sa promesse. Je le vois régulièrement. Je n'ai pas besoin de l'appeler, il sent quand j'ai besoin de lui et il vient.
Nos rencontres ont changé ma vie. Mes petits problèmes ont repris leur juste valeur, je suis beaucoup plus sereine et, surtout, je n'ai plus peur de ma propre mort.
Je sais que, dans l'au-delà, je serai en pays de connaissance : Charles sera là pour m'accueillir.

UNE PROMESSE

Paris, janvier 1959

Nous avons appris le décès de Mavis par la poste britannique. La traditionnelle carte de vœux que nous lui avons envoyée, fin 1958, nous est revenue avec la mention « *deceased* » (décédée). Une rapide enquête nous a révélé que Mavis était morte d'une tumeur au cerveau le 3 septembre, à Fyfield, au crépuscule d'une journée de tempête comme l'Angleterre n'en avait pas connue depuis trois cents ans. Sa sœur Brenda a fait le nécessaire pour qu'elle soit incinérée, ce que Mavis avait toujours souhaité. Après avoir trié les affaires de sa sœur et vendu la maison de Reading, Brenda a regagné l'Afrique du Sud où elle vit depuis vingt ans.

L'heure est donc venue de tenir ma promesse.

Revenons quelques années en arrière, plus précisément, au mois d'avril 1946. J'ai dix-huit ans et j'ai décidé de visiter l'Angleterre. Mavis, la correspondante de maman, propose de me guider à travers son pays ; elle habite Reading dans le Berkshire. En bonne pédagogue – elle est professeur de musique – et en femme organisée – elle est Anglaise – Mavis nous prépare un circuit touristique digne des meilleurs voyagistes. En trois semaines, elle réussira à me communiquer l'amour de son pays et nous deviendrons de véritables amies.

À chacun de mes voyages en Angleterre, je passerai quelques jours dans la maison de Reading, jusqu'à cette soirée de 1950 où je lui présente celui qui deviendra mon mari. Cette circonstance particulière me permet de lui poser la question que je n'ai jamais osé lui poser: pourquoi ne s'est-elle pas mariée? Cela m'a toujours étonnée, mais sa réponse m'étonne plus encore. Elle me stupéfie et je mesure, alors, combien j'étais loin de connaître sa véritable personnalité.

Devant ma réaction, Mavis décide de prendre son temps pour s'expliquer: nous préparons du café, sortons une bouteille de sherry et nous installons confortablement au salon. Il est près de minuit, le soleil se lèvera avant la fin de son récit.

Je vais m'efforcer de résumer, en quelques lignes, ces heures qui aboutiront à la fameuse promesse que Mavis a finalement réussi à m'arracher.

La vie de Mavis a pris tout son sens le 5 juin 1904: elle a douze ans et elle est pensionnaire au collège de jeunes filles de Reading. Ce matin-là, un conférencier est venu parler à sa classe d'Oliver Cromwell: Mavis est fascinée. La conférence à peine terminée, elle lit d'un trait la biographie que le conférencier vient d'éditer et qu'il a remise à chaque élève. Ce livre la passionne, mais il lui faut à tout prix un portrait du héros. Elle finit par trouver une très belle gravure dans un vieux livre de la bibliothèque du collège. C'est à ce moment précis, en étudiant le portrait, en le détaillant, en le contemplant, qu'elle tombe éperdument amoureuse de Cromwell. Elle découpe soigneusement la gravure, la met dans un cadre et la cache sous son oreiller.

La vie de Mavis va désormais être orientée par cet amour, centrée sur lui, organisée pour le satisfaire.

Elle devient une lectrice assidue de la bibliothèque du collège, une passionnée du XVIIe siècle. Tout ce qui est lié, de près ou de loin, à Cromwell l'intéresse : sa famille, ses amis, ses passions, sa carrière politique et militaire, la révolution bien sûr, les lieux dans lesquels il a vécu, s'est battu ou a séjourné, voire même, passé quelques heures seulement... Utilisant tout son temps libre, Mavis parvient, en trois ans de recherches dans les principales bibliothèques de sa région, à reconstituer, presque au jour le jour, la vie de l'homme le plus controversé d'Angleterre.

Un plan se dessine, petit à petit, dans son esprit : il lui faut vivre dans les mêmes lieux que Cromwell, y passer le même nombre de mois ou d'années afin de s'imprégner des différentes atmosphères qui l'ont entouré et ainsi se rapprocher de lui, mieux le comprendre. Elle sait qu'à sa majorité elle héritera de la maison familiale de Reading et disposera d'une rente ; la maison lui servira de port d'attache, et sa rente lui permettra d'être, très largement, à l'abri du besoin. Elle doit maintenant trouver un métier qui puisse s'exercer un peu partout en Angleterre, un métier qui lui donne la possibilité de s'absenter et lui laisse beaucoup de temps libre. Elle opte pour l'enseignement de la musique, Cromwell l'aimait tant, et choisit le violon. Selon les circonstances, elle enseignera dans des collèges ou donnera des cours particuliers. Avec son salaire, elle financera ses recherches sur Cromwell, ses voyages – qu'elle appelle ses « pèlerinages » – achètera des ouvrages et objets du XVIIe siècle...

Mavis a même pensé au mariage. Peut-être pourrait-elle trouver un homme ressemblant à l'Anglais de Dieu[1], mais il ne saurait l'égaler en intelligence, en courage, en vertu. Et quel est l'homme qui accepterait de vivre quelques mois ici, quelques mois là, au gré de ce qu'il considérerait comme les fantaisies de sa femme ? Quel est l'homme qui accepterait de lui donner cinq enfants, parce que Cromwell a eu cinq enfants ? Seul le célibat permettra à Mavis de vivre son amour en toute liberté.

À quinze ans, Mavis a donc déjà tracé sa vie. Elle doit maintenant expliquer ses choix à sa famille sans que la raison profonde qui les gouverne ne transparaisse. Elle y réussit fort bien. Personne ne soupçonnera jamais la vérité. Personne n'imaginera que, derrière la façade si « normale » de ce professeur de violon, se cache une personnalité dévorée par une passion proche de la folie.

Dès ses études musicales terminées, Mavis s'installe à Cambridge. Elle réussit à obtenir un poste au Sidney Sussex College, là même où Cromwell fut étudiant.

La vie de mon amie a enfin rejoint celle de Cromwell, au même âge, et sera désormais rythmée par elle.

Tout naturellement, Mavis se lie d'amitié avec l'étudiant qui occupe la chambre qui fut un jour celle de Cromwell ; elle peut ainsi s'y rendre régulièrement pour s'y recueillir et être en parfaite communion avec Oliver. Comme Cromwell en son temps, elle s'inscrit dans la troupe théâtrale du collège ; elle en devient l'un des membres les plus actifs.

---

[1]. L'Anglais de Dieu est l'un des nombreux noms donnés à Cromwell.

Mavis est merveilleusement heureuse ; mais son séjour à Cambridge s'achève et elle doit combler les trois années de vide qui l'attendent. Personne ne sait vraiment ce qu'a été la vie de Cromwell entre 1617 et 1620 : il a probablement vécu un peu à Londres ; il s'est, sans doute, rendu en Allemagne. Mavis loue donc, quelque temps, un vieil appartement au centre de Londres, visite l'Allemagne, enrichit sa collection d'objets du XVIIe siècle et prépare son déménagement pour Hutingdon. Là, elle obtient de louer une ferme du domaine de la famille Cromwell. Elle y vivra dans une relative pauvreté ; Cromwell n'était pas riche à l'époque et Mavis doit, de toute manière, économiser pour préparer les prochaines années qu'elle passera à Ely. À Ely, elle sera riche puisque Cromwell y est devenu l'héritier des terres et de la fortune de son oncle.

Mavis m'explique qu'elle ne reçoit jamais ses amis ou sa famille là où elle habite. Elle ne donne d'ailleurs son adresse à personne et n'a pas le téléphone ; seule la maison de Reading, où vivent ses parents, est ouverte à ses proches. C'est sa maison officielle, celle qui la relie à la vie réelle. C'est Mavis qui, toujours, appelle les autres, et ses parents lui transmettent lettres ou messages par le collège de Cambridge où elle continue à faire du théâtre. Cela, je peux le confirmer : nous nous écrivons beaucoup, mais jamais je n'ai pu la joindre par téléphone.

Mavis continue à parler : elle me confie que le voyage qu'elle a organisé pour moi, en 1946, n'était qu'un prétexte pour voir ou revoir des lieux qui ont été primordiaux dans la vie du Lord Protector[2]. Elle rayonne de bonheur en me

---

2. Un des titres de Cromwell.

rappelant la journée passée à Marston Moor et notre séjour à Naseby où elle a vu Cromwell, militaire glorieux, entouré de son armée de cavaliers, Cromwell avec Dieu à ses côtés, Cromwell futur homme d'état européen et Cromwell futur conquérant.

Je suis de plus en plus mal à l'aise; je continue à entrer dans le jeu de Mavis, mais je me demande où tout cela va mener mon amie. Avant de rentrer à Paris, il faudra que j'achète une biographie très détaillée de Cromwell.

À l'aube, Mavis aborde enfin le thème qu'elle avait probablement en tête dès le début de notre conversation : le thème de sa propre mort. Elle doit prévoir cette mort, établir son, ou plutôt, ses testaments. Elle aura besoin de moi après sa mort. Je dois promettre de l'aider. Ce qu'elle me demande ne sera pas difficile : je recevrai des consignes précises six mois, jour pour jour, après son décès. Tout sera détaillé, expliqué, minutieusement préparé. Je dois lui faire confiance et promettre. Elle attend ma réponse; elle ne dit plus un mot.

Je suis suffoquée par le récit de Mavis, ses idées morbides m'effraient et je ne sais pas trop comment réagir. Mon tempérament optimiste m'incite à penser qu'elle ne pourra sans doute pas aller au bout de son plan, que la nature ou les événements se chargeront de l'en empêcher… Mais Mavis a une telle volonté, elle est si organisée, elle a si bien réussi à faire ce qu'elle voulait jusqu'à présent! De guerre lasse, je promets. Je ne suis pas très fière de moi, un peu inquiète… Mais tellement curieuse aussi!

Mon futur mari et moi rentrons à Paris. Les mois passent. Je continue ma correspondance régulière avec Mavis. Je lui rends visite lors de mes déplacements en Angleterre. Elle ne me parle plus de Cromwell, mais, d'après ce qu'elle me dit sur son travail et ses derniers voyages, il ne m'est pas difficile de comprendre qu'elle vit toujours sa passion.

Mon mari et moi fêtons ce jour de Pâques 1958 à Reading. Les parents de Mavis sont morts depuis quelque temps déjà, et la maison nous semble bien vide.

Je trouve Mavis beaucoup plus taciturne qu'à l'accoutumée. Elle refuse même de sortir avec nous, alors qu'elle aimait tant nos promenades. Il est vrai que Cromwell était facilement d'humeur sombre, malgré les accès de gaieté nerveuse qu'il avait parfois. Je remarque aussi que Mavis se complaît dans la pénombre du salon, qu'elle n'allume aucune lampe et laisse les rideaux à demi fermés. Cela ne m'étonne guère : vers la fin de sa vie, Cromwell détestait, lui aussi, la lumière du jour et se protégeait de toute clarté un peu vive.

L'état de Mavis m'inquiète de plus en plus. J'envisage de prévenir sa sœur, mais Brenda ne me connaît pas et il est probable qu'elle ignore même mon existence.

Dès mon retour en France, je prends rendez-vous avec un psychiatre pour lui parler de mon amie et lui demander conseil. Il me recommande de ne pas faire intervenir Brenda car Mavis se sentirait trahie et cela pourrait provoquer un drame. Je dois moi-même faire comprendre à Mavis la gravité de son état et la convaincre de consulter volontairement un spécialiste.

Je décide de repartir pour Reading aux prochaines vacances et j'écris à Mavis. Elle me répond qu'il ne lui sera pas possible de me recevoir cet été et qu'il nous faudra attendre janvier 1959 pour passer quelques jours ensemble.

Elle savait qu'elle allait mourir et elle n'a pas voulu me revoir.

J'ai le sentiment d'avoir été très négligente. Mais aurais-je pu faire quelque chose pour Mavis ? Aurais-je pu la sauver de cette folie ?

Mavis est morte en septembre. Dans trois mois, je saurai si elle a été au bout de la vie qu'elle s'était préparée, si elle a accompli ce à quoi elle se sentait destinée. Dans trois longs mois, je saurai ce qu'elle attendait vraiment de moi, je connaîtrai enfin la teneur de ma promesse.

Mars 1959

Je viens de recevoir une lettre du notaire de Mavis. Je dois prendre rendez-vous avec lui pour qu'il me fasse part du contenu du testament qui m'est destiné.
Je pars immédiatement pour Reading. Le notaire m'apprend que j'hérite d'une maison du XVIIe siècle à Tyburn, cet ancien quartier de Londres qui fut, pendant sept siècles, le lieu des exécutions capitales. Il me remet les clefs de la maison et m'indique où trouver les consignes et le matériel nécessaires à l'exécution de ma promesse. Les six mois que Mavis m'avait annoncés ont été respectés. Elle avait « simplement » prévu la durée de toutes les démarches administratives et s'était arrangée pour que je puisse prendre possession de la maison et tenir ma promesse en un seul voyage. Je reconnais bien là son sens de l'organisation !

Mavis a donc réussi sa vie; elle l'a bien menée là où elle souhaitait la mener et j'en suis très heureuse pour elle.

Ma maison de Tyburn se voit très peu de l'extérieur; le jardin qui l'entoure est bordé de haies qui la protègent des regards. C'est une maison merveilleuse, elle paraît tout droit sortie d'un tableau du XVIIe siècle. L'intérieur me réserve bien des surprises. Tout est d'époque: le mobilier, les tentures, les tapis, les rideaux, les accessoires de cuisine, les outils… jusqu'aux vêtements dans la penderie de la chambre de Mavis. Une seule concession a été faite à la modernité: les trois mille huit cents biographies de Cromwell existant à ce jour, que Mavis a réussi à se procurer et qu'elle a numérotées et disposées sur des rayonnages cachés par une épaisse tenture dans une pièce transformée en bibliothèque. La partie visible de la bibliothèque est constituée d'environ deux mille ouvrages – contemporains de Cromwell, ou plus anciens – rangés soigneusement dans des meubles d'époque. Sur une table du salon, se trouve une vieille gravure encadrée, représentant Cromwell: il s'agit, sans doute, de celle que Mavis avait découpée dans le livre du collège de Reading.

C'est dans la bibliothèque, derrière les biographies numéros trois cents à trois cent dix, que se trouve tout ce dont j'ai besoin pour réaliser ma promesse: une lettre, une grande enveloppe, une petite trousse à outil… et, surtout, l'urne cinéraire contenant les cendres de Mavis. Je suis bouleversée et totalement incapable d'ouvrir la lettre et l'enveloppe dans les minutes qui suivent ma découverte.

J'apprendrai, plus tard, que Mavis avait chargé son notaire de placer l'urne à cet endroit précis.

Je m'assieds et rassemble mon courage pour lire la dernière lettre que je recevrai jamais de Mavis. Elle me remercie de ne l'avoir à aucun moment trahie, me rappelle brièvement notre entretien de 1950, ma promesse, et me précise, point par point, ce que je dois faire et comment je dois le faire.

Mavis a décidé de rejoindre, dans la mort, l'homme qu'elle aime. Elle me demande de déposer ses cendres à l'intérieur de la statue de Cromwell, sous le lion britannique qui se trouve à ses pieds, devant Westminster.

Mavis se rapprochera ainsi symboliquement du Lord Protector qui fut enterré à Westminster, avant que ses restes ne soient dispersés deux ans plus tard.

Je dispose de tout le matériel nécessaire : une perceuse munie d'un « silencieux » et un dispositif d'injection de poudre qui me permettra de faire pénétrer les cendres dans le petit conduit que j'aurai réussi à percer. Mavis a vérifié que tout fonctionnait bien sur plusieurs tombes d'un cimetière de Reading. Elle m'indique les heures de ronde de la police chaque nuit de la semaine, et, par un schéma extrêmement précis, l'endroit de la statue où je devrai percer. Elle n'a pas prévu mon échec : je dois donc réussir !

Je décide d'agir très vite. Il me faudra une journée et une nuit pour repérer les lieux, vérifier les indications de Mavis et m'entraîner au maniement des outils. « L'opération » elle-même ne devrait me prendre que quelques minutes.

Dans trois jours, si Dieu et Cromwell le veulent, mon devoir sera accompli.

La grande enveloppe contient le journal de Mavis. Je décide de ne le lire que plus tard, une fois « l'opération » achevée.

Mes repérages ont confirmé ce que Mavis avait écrit.
Je suis prête à intervenir dès la nuit prochaine. Je voudrais tellement que tout cela soit déjà terminé !

Il est deux heures du matin, je suis devant le lion, il pleut et le froid est encore très vif, les rues sont désertes. Toutes les conditions sont réunies pour que je réussisse... Mais j'ai tellement peur ! Je me cache une bonne dizaine de minutes derrière la statue, personne ne vient. Je me décide enfin : « l'opération » se passe au mieux et je rentre sans encombres chez moi, à Tyburn, infiniment soulagée.

Je suis maintenant calme et détendue, confortablement installée au salon, prête à lire le journal de Mavis.
Ce n'est pas un journal complet, Mavis n'a éprouvé le besoin de se confier qu'à partir du 1er février 1947. Peut-être est-ce à partir de cette date qu'elle a commencé à perdre progressivement contact avec la réalité de son époque, qu'elle s'est réfugiée de plus en plus dans le passé. Peut-être est-ce aussi à partir de cette date que sa maladie a commencé à se développer. Cromwell a souffert de violents maux de tête en cette année 1647, il s'est même absenté quelque temps du Parlement.

Des extraits du journal de Mavis éclaireront mieux qu'aucune description ne le ferait la personnalité réelle de mon amie.

« *2 mars 1947*. Chaque jour me rapproche de Cromwell. Je suis sûre qu'il est dans cette maison, je sens sa présence. Je sais qu'il aurait aimé la robe que je porte aujourd'hui ; c'est pour lui que je l'ai volée, comme j'ai volé à ma troupe de théâtre tous les vêtements qui sont dans cette maison. Jamais ils ne m'ont soupçonnée, Dieu merci ! Je ne pouvais d'ailleurs pas faire autrement ; Cromwell est si puritain qu'il n'aurait pas admis que je porte les tenues de mon époque. »

« *6 mai 1952.* Le musée de Harlow était particulièrement intéressant : j'ai pu compléter ma vaisselle et mon linge de maison et emporter deux livres que Cromwell lui-même a peut-être feuilletés. »

« *6 août 1958.* Cromwell vient de perdre sa fille Élizabeth. Je sais qu'il ne pourra pas survivre à ce chagrin. Élizabeth était son enfant préféré. Je sais que ce deuil lui ôtera toute envie de se battre, toute envie de lutter contre sa maladie pour sauver sa propre vie. Et lui mort, comment pourrais-je vouloir vivre encore ? »

« *20 août 1958.* Cromwell est de plus en plus faible. Moi aussi, je suis très fatiguée, les résultats de mes derniers examens sont alarmants. Mais pourquoi me soigner puisque Cromwell est mourant ? Je crois que j'ai eu raison de préparer ma mort à l'avance, de la préparer aussi minutieusement. »

« *3 septembre 1958.* Cromwell vient de mourir et l'Angleterre est en deuil. Jamais je n'ai vu une telle tempête ! Dieu nous rappelle ainsi ce que nous devons à l'homme qui a tant aimé l'Angleterre.
Je peux mourir maintenant. Ma vie est accomplie. Continuer sans Oliver n'aurait pas de sens. Je sais que je le rejoindrai. Je sais que Catherine tiendra sa promesse. Je sais que, dans six mois, mes cendres seront proches de lui, que mon âme sera proche de son âme. Plus rien ne nous séparera alors et, dans deux ans, s'ils exhument mes restes, ils ne pourront pas me pendre et me décapiter comme ils ont osé pendre et décapiter sa dépouille sacrée. Cromwell n'était pas un régicide, il n'a fait que son devoir. Comment ont-ils pu le traiter ainsi ? Comment ont-ils pu être aussi ingrats ? Comment ont-ils pu rejeter cet envoyé de Dieu ?

L'Angleterre n'était pas digne de donner le jour à un homme tel que lui.

Je suis tranquille. J'ai confiance en Catherine. Je sais qu'elle prendra soin de cette maison, qui sera *leur maison* à Oliver et elle, et qu'elle le fera jusqu'à la fin de ses jours. Je sais qu'à son tour elle saura la léguer à une amie qui la mérite, à une amie qui, le moment venu, saura elle aussi se dévouer pour que vive l'esprit d'Oliver ; Oliver dont ils ont pendu le corps si près d'ici, après l'avoir séparé de sa tête qu'ils ont laissée fichée en haut d'une pique pendant vingt-trois ans à Westminster Hall.

Jamais Dieu ne pourra nous pardonner cela, jamais Dieu ne pourra absoudre l'Angleterre de ce forfait monstrueux ! »

Le journal de Mavis s'achève ici. Elle s'est suicidée, probablement avec la complicité de son médecin qui lui a fourni les médicaments nécessaires. Elle s'est donné la mort dans une petite auberge des environs de Fyfield, une auberge de campagne isolée et suffisamment éloignée de Londres pour que ses proches n'apprennent pas l'existence de la maison de Tyburn, pour que jamais ils ne se doutent de la double vie que Mavis a menée pendant tant d'années.

Je dispose de peu de temps et j'ai d'importantes décisions à prendre. Dois-je garder la maison ou la vendre ? Dois-je rendre les objets volés par Mavis ou les conserver pour ne pas ternir sa réputation, pour ne pas trahir son secret ? Dois-je raconter à mon mari toute cette histoire ? Dois-je lui parler de cette maison, de la folie de Mavis ?

Je m'accorde une journée de réflexion. J'en profite pour fouiller la maison de fonds en combles, examiner les ouvrages de la bibliothèque, essayer les vêtements de

Mavis... Une robe me plaît tout particulièrement, elle me va parfaitement, nous avions la même taille Mavis et moi. Je porterai cette robe toute la journée.

L'atmosphère de ma maison est étrange, je m'y sens tellement protégée, tellement loin de tout souci, tellement heureuse finalement, que je décide de la garder, d'en faire mon refuge. Personne ne connaîtra l'existence de ma nouvelle maison. Je viendrai m'y reposer, je viendrai y vivre comme Oliver y aurait vécu, je viendrai y lire les livres qui lui ont appartenu, j'y porterai les robes qu'il aurait aimé me voir porter. Cromwell mérite bien cela !

Je suis assise au salon et j'ai l'impression que, depuis la gravure où il se trouve, Oliver me sourit, qu'il m'a comprise, qu'il est heureux de ma décision et qu'il se réjouira de ma présence dans *sa maison, dans notre maison.*

Je peux rentrer à Paris maintenant, mais, comme Mavis l'avait fait avant moi, je dois prévoir ma mort, je dois établir le testament par lequel je désignerai l'héritière de notre maison.
Stéphanie sera sans doute la personne idéale, quand elle aura un peu mûri.

Dans quelques années je pourrai la mettre au courant de ma double vie. Elle est digne de Cromwell et je suis sûre qu'elle aimera cet homme autant que Mavis l'a aimé, autant que je commence déjà à l'aimer.

TROIS SIÈCLES TROP TARD

Il faisait encore très frais ce matin-là, mais le temps était merveilleusement clair. C'était la première vraie journée de printemps. L'hiver avait paru interminable à Anders et il n'avait qu'une idée en tête, retourner plonger. Non sans mal, il avait réussi à convaincre son ami Bördj qui avait accepté de l'accompagner mais resterait dans le bateau.

Anders nagerait donc seul. Cela ne le gênait pas vraiment, il savait qu'il pouvait compter sur Bördj en cas de problème. Ils se donnèrent rendez-vous à quatorze heures précises, au port. Anders prit tout son temps pour préparer son matériel qui « dormait » depuis près de six mois. Cette tâche le mit d'excellente humeur. Il repéra ensuite avec soin l'endroit où ils iraient. Il ne voulait pas s'éloigner trop et perdre ainsi un temps précieux pour la plongée, les journées étaient encore courtes en ce mois d'avril. Il choisit un endroit très proche du port, un endroit qu'il avait toujours négligé, comme ses amis plongeurs d'ailleurs, un endroit réputé peu intéressant, « mais sait-on jamais », avait pensé Anders. Bördj trouva l'idée curieuse. Comme il ne plongeait pas lui-même, il ne discuta pas.

Anders prit un immense plaisir à sa première descente. L'eau était assez profonde et il dut nager longtemps. Arrivé près du fond, il batifola quelques instants à peine, puis s'arrêta net. Il ferma les yeux. Il devait avoir une vision, ou un malaise. Il était peut-être allé un peu vite pour une reprise. Il rouvrit lentement les yeux : la masse noire était toujours là, bien réelle, il ne rêvait pas.

Il avait enfin trouvé ce qu'il cherchait depuis si longtemps sans trop y croire.

Anders eut envie de crier, d'annoncer sa découverte à toute la ville, à son pays, au monde entier même. Malgré son excitation, il respecta scrupuleusement les règles de décompression et, au premier palier, il réalisa sa folie. Tout à sa joie, il n'avait même pas regardé de près l'objet de ses années de quête. Il redescendit lentement et inspecta tout ce qu'il pouvait inspecter sans prendre de risques. Puis, il remonta normalement. Il avait pris sa décision ; il garderait sa découverte secrète quelque temps encore. Il reviendrait, sans Bördj, cette fois-ci. Il dit à son ami que l'endroit n'avait aucun intérêt, mais que plonger l'avait remis en forme.

C'était le 6 avril 1956, à Stockholm ; Anders venait de réaliser le rêve de tous les plongeurs suédois.

La masse qui lui avait barré le passage n'était autre que l'épave, remarquablement bien conservée, du *Vasa*, ce superbe galion qui avait sombré près du port, le jour de son inauguration en l'an 1628. Le roi Gustave II Adolphe l'avait commandé, pour son usage personnel. Le *Vasa* devait être le navire le plus puissant, le plus somptueux et le plus richement décoré de toute la Scandinavie. Les trois plus grands maîtres sculpteurs de Suède avaient travaillé des années à cette œuvre. L'extravagance de la commande royale avait d'ailleurs fait scandale dans l'austère Suède luthérienne de l'époque.

Pendant un mois, Anders ne vécut plus que pour le *Vasa*.
Il plongea une bonne vingtaine de fois pour savourer la visite de « son » galion. Comme il ne voulait pas éveiller les soupçons, il se fit successivement accompagner par sa femme, ses deux enfants, des amis, tous non-plongeurs.

Le soir, Anders quittait le salon dès le dîner terminé et s'isolait dans sa chambre où il lisait et relisait tous les ouvrages qu'il avait pu trouver concernant le galion. Il s'imprégna de toutes les informations dont il disposait ; il enregistra les moindres détails de ce qu'il voyait sous l'eau. Il put bientôt s'imaginer, avec un parfait réalisme, la vie qu'aurait menée chacun des hommes de l'équipage, si le *Vasa* avait jamais navigué.

Quand il estima en savoir assez sur « son » navire, Anders décida d'informer la mairie de Stockholm de sa découverte. Il mûrit longuement sa décision, prit rendez-vous avec le maire et lui posa ses conditions. Il ne dévoilerait l'endroit où se trouvait le *Vasa* que si ses exigences étaient respectées. Elles étaient simples, ces exigences :
— Il voulait, jusqu'à sa mort, avoir accès au voilier à toute heure du jour ou de la nuit ;
— Il demandait à participer à la restauration de l'épave (il connaissait le *Vasa* sur le bout des doigts et il aurait son mot à dire) ;
— Il souhaitait, surtout, après son enterrement à l'église, que son cercueil soit jeté à la mer, à l'endroit même où il avait découvert « son » galion.

Sa dernière exigence était un peu plus compliquée à satisfaire : il tenait à ce que la ville entière partage la joie de sa découverte. Il suggéra que toutes les cloches de Stockholm sonnent ensemble, à l'heure précise où la nouvelle serait annoncée pour la première fois à la télévision et à la radio, et que des voitures, équipées de haut-parleurs, sillonnent les rues de la ville pour expliquer l'événement.

Le maire céda à toutes les exigences d'Anders. Avant de lancer la nouvelle, il prit la précaution de prévenir l'Armée et la Marine qui bloquèrent toute circulation, sur terre comme sur mer, aux abords de l'épave. Il fit bien. La ville entière afflua vers le *Vasa* et l'Armée eut beaucoup de mal à contenir la foule. Après Stockholm, ce furent les villes proches qui furent submergées par les curieux venus au plus vite de tous les coins du pays. Il fallut expliquer à tous que renflouer le bateau serait une opération extrêmement coûteuse, longue et complexe, et que le galion ne serait visible que dans quelques années.

Malgré l'envie qu'il en avait eue, Anders avait résisté à la tentation : il n'avait pris aucun des objets du *Vasa*. Ce voilier était sacré pour lui, aussi avait-il regardé, touché et remis en place, chaque fois avec la même émotion, les objets auxquels il avait eu accès.

La mairie de Stockholm et le pays ne furent pas ingrats. En une journée, Anders devint l'homme le plus célèbre de Suède. Les interviews qu'il donna aux plus grands journaux lui rapportèrent une fortune et Stockholm lui offrit une somptueuse maquette de son bateau.

Anders était à dix ans de la retraite. Il avait maintenant largement de quoi vivre et faire vivre sa famille pendant de nombreuses années. Il abandonna son travail d'ingénieur et se mit à la disposition des plongeurs archéologues, des scientifiques, des techniciens qui participaient à la grande œuvre de renflouement du *Vasa*. De nombreuses fois, il servit de guide aux plongeurs, aidant à remonter à la surface ces objets qu'il avait eus entre les mains. Il participa aux travaux des historiens, il en savait plus qu'eux sur le galion, sur le procès qui avait suivi son naufrage et sur la marine de l'époque ! Il aida à la conception du musée Vasa. C'est lui qui suggéra que le bâtiment entourant le galion permette d'en voir chaque niveau, chaque pièce, chaque sculpture, qu'il soit, en quelque sorte, le prolongement du navire pour que les visiteurs aient l'impression de se promener dans sa coque. C'est lui encore qui demanda que les mâts du navire soient visibles de chaque endroit de la ville. L'idée d'asperger en permanence le *Vasa* avec l'eau du port de Stockholm qui l'avait si bien conservé pendant trois cent vingt-huit ans, lui vint au cours d'une réunion animée entre scientifiques. La simplicité de la technique qu'il préconisait arrêta instantanément le débat qu'avaient engagé les spécialistes sur les difficultés de conservation à l'air libre d'un navire de cet âge. Les recommandations d'Anders furent suivies pour le plus grand bien du *Vasa*.

Anders était l'âme de la restauration du galion. Ses compétences étaient reconnues de tous et tous sollicitaient ses conseils.

Le jour de 1961 où le *Vasa* fut enfin renfloué, sorti des eaux puis mis en cale sèche, fut un jour de gloire pour Anders, un peu comme si un troisième enfant venait de lui être donné. Il était assis à côté du maire, près de la loge royale, il fut autant photographié que toutes les personnalités présentes.

Anders passait deux à trois heures par jour sur le chantier du *Vasa*. Le reste du temps, il faisait des conférences, répondait à des interviews, participait à des réunions.

Lorsque le musée qui entourait le *Vasa* fut inauguré et reçut ses premiers visiteurs, Anders eut l'impression que son enfant venait de le quitter, qu'il s'était émancipé et n'avait plus du tout besoin de lui. Il eut le désagréable sentiment que sa vie était maintenant vide de sens. Bien sûr, il y avait sa famille, sa femme et ses deux « vrais » enfants, mais eux non plus n'avaient plus vraiment besoin de lui. Ses fils étaient mariés et avaient quitté la maison ; quant à sa femme, elle exerçait, toujours avec la même passion, son métier de médecin. Le *Vasa* l'intéressait, elle était curieuse de nature, mais de là à centrer sa vie sur ce navire !

Anders traversa alors une très mauvaise période. Il se débarrassa de son matériel de plongée ; rien de ce qu'il trouverait sous l'eau ne pourrait jamais surpasser le *Vasa*. Maintenant que le musée se visitait, le galion avait perdu de son attrait aux yeux du public. La haute société de Stockholm le reçut moins souvent. Les interviews s'espacèrent. Anders retourna peu à peu à l'anonymat.

Il ne voulait pas reprendre son métier d'ingénieur pour les quelques années qui le séparaient encore de la retraite ; il avait pris goût à la liberté et à l'argent facile.

Comme convenu, le maire avait remis à Anders les clefs du musée Vasa pour qu'il puisse voir « son » navire quand bon lui semblerait. Pendant près de deux ans, Anders ne les utilisa pas. Le bateau ne lui appartenait plus. Il lui était devenu étranger ; il le dégoûtait presque, comme s'il avait été irrémédiablement souillé par les milliers d'yeux qui, en deux ans, l'avaient regardé, détaillé, observé sous toutes ses coutures, mis à nu. Anders en était même venu à détacher son regard des mâts du *Vasa* lorsqu'il se promenait dans les rues de Stockholm. Ses amis n'osaient plus lui poser la moindre question sur le galion et personne de son entourage ne se serait risqué à lui demander une visite guidée du musée.

Ce fut son premier petit-fils qui le réconcilia avec le navire. L'enfant fêtait ses quatre ans chez ses grands-parents. Son père lui avait longuement, et à maintes reprises, raconté la découverte d'Anders. Curieusement, l'enfant n'en avait jamais parlé avec son grand-père. Ce jour-là, il se sentait grand du haut de ses quatre ans, grand et d'humeur à parler et il n'eut de cesse de tout savoir. Anders fut bien obligé de répondre. Il n'eut pas le cœur, non plus, de refuser de l'accompagner au musée Vasa.

Anders choisit l'un des jours de fermeture du musée pour leur visite. L'enfant était muet d'émerveillement, ébloui par la beauté des centaines de sculptures peintes et dorées à l'or fin qui tapissaient le voilier, impressionné par la hauteur du galion et par ses soixante-neuf mètres de long, effrayé par les reflets sombres du bois de la coque et l'atmosphère mystérieuse se dégageant du musée, vide et silencieux. Quant à Anders, la magie opérait à nouveau, il se retrouvait des années en arrière, aussi ému qu'en ce jour d'avril où le *Vasa* avait fait obstacle à sa plongée. Les deux années de séparation d'avec « son » navire furent instantanément effacées et Anders retrouva son unique passion.

Il organisa ses journées en fonction des horaires d'ouverture du musée Vasa. Il y allait dès la fermeture des portes et y passait de longues heures, relevant avec une extrême minutie toutes les cotes du bateau. Il mit à profit ses compétences d'ingénieur et utilisa les logiciels de conception assistée par ordinateur les plus performants pour refaire tous les calculs que l'architecte du *Vasa* avait dû faire grossièrement trois siècles plus tôt. Ce travail lui prit presque deux mois, mais il trouva l'erreur. La sécurité avait été sacrifiée à l'esthétique et au prestige : le tirant d'eau avait été très nettement sous-estimé. Il y avait d'autres erreurs de conception, mais elles n'auraient probablement pas conduit au naufrage du *Vasa*. Ses calculs achevés, Anders se sentit curieusement soulagé. Il espaça ses visites au musée et occupa du mieux qu'il pût ses journées. Sa femme, qui le trouvait étrangement absent, comme détaché de toute préoccupation ordinaire et concrète, anticipa sa retraite. Inquiète pour Anders, elle prit la vie de son mari en main et lui consacra tout son temps. Malheureusement, elle mourut deux ans plus tard, laissant Anders totalement désemparé. Il ne voulut pas s'installer chez ses enfants, il tenait à sa maison de Stockholm.

Il reprit ses visites régulières au musée Vasa, des visites qui s'allongèrent progressivement. C'est là que je le rencontrai, un soir de 1995, quelques heures après la fermeture de l'exposition des voiles du *Vasa*, lors d'une de mes rondes de nuit. Je m'étais préparé à cette rencontre, mes collègues m'avaient prévenu de la présence d'Anders au musée la plupart des nuits. Ils me l'avaient dépeint comme un homme bizarre, taciturne, ne voulant parler à personne. Certains disaient même qu'il couchait dans le bateau. Je n'étais pas effrayé, j'étais surtout bien décidé à « apprivoiser » Anders, je voulais lui parler, je voulais qu'il me transmette son savoir. Il me fallut trois mois pour gagner sa confiance. Il passait effectivement ses nuits dans le *Vasa*, dans la cabine du capitaine. Il ne dînait pas. Il rentrait chez lui à l'aube. Je décidai de l'aider et lui proposai de partager mon repas du soir. Il accepta. C'est ainsi que nous devînmes amis. Il me montra l'intérieur du bateau, m'en révéla les recoins les plus cachés, me fit admirer chacune des statues, m'expliqua les principes de construction d'un navire, me décrivit la vie des marins du XVIIe siècle. En six mois de garde nocturne du musée, j'en appris plus qu'en quinze ans de scolarité médiocre. Un soir où il se sentait particulièrement faible, Anders me remit une enveloppe épaisse. Elle était adressée au roi de Suède ; il me demanda de la lui faire par-

venir si jamais il venait à mourir. Je l'exhortai à se battre, je lui dis que j'avais encore besoin de lui. Anders me sourit, me demanda de le laisser seul et m'interdit d'appeler un médecin. Très inquiet pour lui, je me cachai pour le surveiller. Il parla seul une bonne partie de la nuit; je ne compris rien à ce qu'il disait, ses paroles étaient incohérentes; je crois bien qu'il avait perdu la raison.
Il mourut le lendemain après-midi.

Je lui dois mon avenir; il a fait de moi le dépositaire de ses connaissances. J'ai été promu guide du musée Vasa. Je prépare des examens. Un jour viendra où je serai conservateur de ce musée.

Les funérailles d'Anders ont été célébrées en grandes pompes, son cercueil a été jeté à l'eau, comme il l'avait souhaité. Le roi et sa flotte étaient présents; ils lui ont rendu un dernier hommage.
J'ai confié l'enveloppe de mon ami au maire de Stockholm; je sais qu'elle a bien été remise au roi.
Je n'aurais sans doute pas dû le faire, mais je n'ai pu m'empêcher de l'ouvrir, cette enveloppe. Elle contenait une lettre très courte. Je l'ai recopiée et je vous en livre le contenu:

À sa majesté le Roi de Suède, Gustave II Adolphe

    Sire,

Je n'ai pas mérité votre confiance.
Je n'ai pas mérité votre clémence non plus.
Moi, l'architecte du Vasa, *moi, le plus grand constructeur de voiliers de notre siècle, je suis le seul et l'unique responsable du naufrage de votre galion.*

Ma seule excuse est d'avoir voulu que ce navire, que votre navire, soit le plus beau au monde, qu'il soit le symbole de ma dévotion, de mon respect, de mon immense admiration pour vous.

À l'époque, je tenais encore à la vie, alors, avec mon argent, j'ai fait en sorte que d'autres personnes soient désignées coupables.

Le remords a gâché mon existence.

Mes nuits ont été hantées par les visages et les cris des cinquante marins du Vasa *qui se sont noyés.*

Mes journées ont été habitées par le désespoir de leurs familles.

La conscience de mon échec m'a ôté toute faculté de travail.

Aujourd'hui, je peux, enfin, mourir en paix. Grâce aux fantastiques progrès de la science, grâce aux ordinateurs dont je dispose maintenant, j'ai refait tous mes calculs, j'ai compris mes erreurs.

Il ne tient qu'à vous, Sire, de remettre votre galion à flots; il le faut pour que notre Marine recouvre sa gloire et son prestige.

Les plans et les indications techniques, que je joins à ma lettre, vous permettront de corriger facilement les défauts de conception du Vasa. *Le galion est presque entièrement restauré, les travaux seront donc peu coûteux.*

Demain, si tel est votre désir, le Vasa *naviguera de nouveau pour vous.*

Je vous devais cela, avant de m'engloutir dans le passé et l'oubli.

Je demeure, Sire, votre éternel serviteur.

Anders.

J'ai appris par le maire que, par respect pour la mémoire d'Anders, le roi n'avait jamais parlé à personne d'autre de cette lettre. Le dossier technique de mon ami a été transmis, sous le sceau du secret, au plus grand constructeur de bateaux suédois. Les calculs d'Anders étaient parfaitement exacts et ses recommandations incontestables.

Le Vasa *pourrait reprendre la mer.*
Je ne peux m'empêcher de rêver à ce jour.

CES VIES QUE L'ON DIT

ORDINAIRES

UN CHANGEMENT D'UNIVERS

La journée avait commencé de manière étrange. C'était un mardi et Xavier n'avait pas entendu sonner son réveil ; sa femme avait dû le secouer pour qu'il se lève ; cela ne lui était pas arrivé depuis des années. Comme un somnambule, il avait pris son petit déjeuner, s'était rasé et habillé. Pour aller plus vite, il n'avait même pas pris le temps d'écouter les informations, il s'en passerait aujourd'hui. Il se sentait bizarre, il avait l'impression d'être dans du coton, d'être dans les nuages. En disant au revoir à sa femme, il avait trouvé curieux qu'elle ne lui réponde pas ; il avait mis cela sur le compte de l'heure, pensant qu'elle ne voulait pas le retarder davantage en lui glissant quelques mots à l'oreille comme elle le faisait chaque matin. Arrivé en bas de l'immeuble, il avait trouvé la rue particulièrement silencieuse, un peu comme si la neige était tombée toute la nuit mais c'était l'été et la circulation était aussi dense qu'à l'accoutumée. La petite marche pour se rendre à son bureau avait achevé de le réveiller mais le calme environnant commençait à l'oppresser.

Ce n'est qu'une heure après l'arrivée de Xavier, que sa secrétaire, un peu inquiète, s'était finalement décidée à aller voir dans son bureau ce qui se passait. Il n'avait répondu à aucune des communications téléphoniques qu'elle avait essayé de lui transmettre. Plusieurs fois, elle avait frappé à sa porte et il n'avait pas répondu ; elle savait qu'il n'était pas sorti de son bureau. Elle connaissait bien Xavier et, ce matin, il lui avait paru vraiment différent des autres jours. Elle n'aurait pas su expliquer en quoi il était différent, mais elle le sentait.

Il était assis dans son fauteuil et il lisait. Apparemment il ne l'avait ni entendue ni vue entrer dans son bureau. Elle fit un peu de bruit, il ne réagit pas ; elle lui parla, il ne répondit pas ; elle finit par toucher son bras et, là, il redressa la tête, lui fit un sourire et lui demanda :

— Que se passe-t-il donc ce matin ? Je n'ai encore eu aucun appel téléphonique.

Elle commença à s'affoler. Par cinq fois elle avait fait sonner son téléphone, la sonnerie marchait (elle l'entendait à travers la porte fermée), elle le lui dit ; il répondit en lui posant la même question ; elle répéta ce qu'elle venait de dire en se mettant bien en face de lui.

C'est ainsi que Xavier comprit qu'il était brutalement devenu sourd et qu'une autre vie allait commencer pour lui.

C'était un homme d'action ; il donna des consignes très précises à sa secrétaire ; elle lui obtint presque immédiatement un rendez-vous avec l'un des plus grands spécialistes de Paris.

Le verdict fut formel, la surdité de Xavier était due à un virus. On ne savait pas à l'heure actuelle comment traiter cette maladie. Xavier resterait sourd à vie ou pourrait récupérer progressivement une partie de son ouïe, voire même guérir complètement ; seul l'avenir le dirait, il n'y avait qu'à attendre.

Xavier n'aimait pas attendre, il décida de se battre. Dans

l'incertitude il choisit d'agir comme s'il était irrémédiablement sourd et il organisa en conséquence sa vie professionnelle et sa vie privée.

Il devait continuer à mener son entreprise ; elle était en pleine expansion et ce n'est pas un obstacle du type de ce qui lui arrivait ce matin qui l'arrêterait !
Il mit d'abord au point un code de communication avec sa secrétaire. Il convoqua ensuite son directeur de la communication, il fallait d'urgence revoir l'organisation de toutes les réunions auxquelles Xavier participait. Désormais, plus personne ne s'assiérait à côté de lui, tout le monde devrait lui ferait face. Comme Xavier ne savait pas encore lire sur les lèvres, les paroles de ses collègues seraient enregistrées par un analyseur vocal et retranscrites simultanément sur un écran visible par tous. Ces mesures devraient entrer en vigueur dès la prochaine réunion d'état-major, le lundi suivant.
Une fois ces décisions arrêtées, Xavier se sentit mieux. Son entreprise marchait si bien ces derniers temps qu'il en était presque arrivé à s'ennuyer ; il allait pouvoir de nouveau dépenser son trop-plein d'énergie, avoir des projets.

Il lui restait quand même à régler le problème de sa famille. Comment annoncer son handicap soudain à sa femme et à ses deux enfants ? Comment éviter qu'ils ne s'apitoient, qu'ils ne le traitent comme un malade ? Comment leur faire comprendre que ce que beaucoup de gens considéreraient comme un drame épouvantable n'était en fait qu'une nouvelle épreuve pour lui, une épreuve qui lui permettrait de montrer, une fois de plus, qu'il était le meilleur ?
Il rentrerait plus tôt ce soir, et probablement tous les soirs à venir, car il allait devoir adopter les horaires de sa

secrétaire. Sans elle, il ne pouvait pas faire grand-chose si ce n'est lire ou réfléchir et cela, autant le faire chez lui ; sa famille apprécierait sa présence. Et pourquoi ne referait-il pas du sport ? Il avait arrêté de faire du squash et d'aller à la piscine depuis si longtemps.

Xavier se sentait rajeunir, revivre ; il avait enfin un véritable alibi pour prendre son temps, pour avoir des loisirs.

Le « conseil de famille » fut plus difficile que Xavier ne l'avait prévu. Sa femme était atterrée, son fils manifestement persuadé que son père ne serait désormais plus bon à rien. Seule sa fille avait compris l'incroyable optimisme de Xavier. L'ambiance était tendue, d'autant plus tendue que Xavier n'avait pu s'empêcher de « faire de la discipline », lors du « conseil », à table... Il avait exigé que chacun parle à son tour, parle lentement et il avait pratiquement interdit toute conversation en aparté.

Il avait réfléchi à tout cela, le soir, dans son lit et il s'était dit que si les autres devaient s'adapter à son handicap (qu'il n'appelait d'ailleurs pas « handicap » mais « nouvel état »), lui aussi devait se montrer plus tolérant. Un rodage mutuel était nécessaire pour que la vie de famille ne devienne pas un enfer.

Il trouverait des solutions demain. Il s'endormit très vite, le silence était merveilleux et il avait de nouveau d'importants problèmes à régler !

La première réunion d'état-major « nouvelle version » fut un fiasco total. Le premier orateur fut mauvais, l'écran retranscrivait tout de manière impitoyable : ses hésitations, l'imprécision de son langage, les juxtapositions de mots savants qui ne faisaient qu'accentuer encore le manque de clarté de ses propos. Xavier était furieux. Le second orateur, qui avait observé les réactions de Xavier, relisait fébrilement ses notes. Quand ce fut à lui de parler, paralysé par le trac, il fut pire encore que son prédécesseur. Après la troisième intervention, toute aussi désastreuse, Xavier, qui connaissait bien la valeur de ses collaborateurs, fut pris d'un énorme fou rire qui détendit enfin l'atmosphère. Il demanda les notes de ceux qui n'avaient pas encore parlé et leva la séance.

Dès le lendemain, tous les membres de l'état-major furent priés de revoir leurs agendas : ils allaient suivre immédiatement une formation accélérée.

Pendant cinq jours, ils réapprirent ou plutôt apprirent à s'exprimer simplement, avec précision et concision. Ils firent de multiples exercices, des jeux de rôles, ils rirent beaucoup... Mais progressèrent énormément.

La deuxième réunion d'état-major fut beaucoup plus efficace. Tout le monde put parler et Xavier, qui observait attentivement l'écran et chacun des orateurs, eut le sentiment que les décisions qu'il prenait donneraient satisfaction à tous ses collaborateurs.

À la maison, l'atmosphère s'était très nettement améliorée. Xavier avait repris le squash et la natation et excellait dans ces deux sports. Son fils, qui l'accompagnait, avait révisé son jugement : son père était encore quelqu'un ! Sa femme s'était rapidement adaptée à la situation... Elle en avait vu d'autres avec Xavier ! Quant à sa fille, il n'y avait jamais eu le moindre problème entre eux : ils avaient la même façon d'aborder la vie.

Ils avaient recommencé à sortir tous les quatre et Xavier avait petit à petit repris son rôle central dans la famille, rôle qu'il avait quelque peu négligé ces dernières années.

Chaque matin, avant de partir au bureau, Xavier suivait un cours de lecture sur les lèvres. Il assimilait très vite, il le fallait. Il put bientôt recevoir à nouveau ses principaux clients. Il leur expliqua pourquoi, depuis quelque temps, il ne répondait plus en personne à leurs appels téléphoniques. La plupart furent très étonnés, c'est à peine s'ils avaient remarqué un changement dans l'attitude de Xavier.

L'ambiance au sein de l'entreprise avait, elle aussi, considérablement changé. Xavier avait constaté que ses collaborateurs paraissaient plus heureux, plus en forme. Les vieilles rivalités semblaient s'être tues. Alors qu'il passait par son bureau, un soir vers dix-neuf heures, il avait eu la surprise de constater qu'aucun de ses collaborateurs n'était là. Les bureaux étaient vides! Même Stéphane, le champion du travail nocturne, avait déserté! Xavier repassa régulièrement à la même heure, plusieurs soirs de suite et il fit le même constat.

Il comprenait maintenant pourquoi ses collaborateurs étaient détendus: eux aussi s'accordaient plus de temps, eux aussi pouvaient enfin avoir des loisirs... et le plus curieux était que jamais ils n'avaient été aussi rapides et performants, jamais ils n'avaient aussi bien travaillé, seuls ou en équipes. Quant aux résultats de l'entreprise, ils ne cessaient de s'améliorer.

Xavier avait peu à peu compris que, pendant des années, il était passé à côté de choses essentielles: il avait côtoyé de nombreuses personnes sans vraiment les voir, il les avait entendues sans les écouter, fréquentées sans les connaître. Maintenant, Xavier les regardait, il était attentif à leur comportement, à leurs réactions. Les gens qu'il croisait dans les couloirs de son entreprise étaient devenus réels, ils avaient enfin acquis une existence à ses yeux.

Xavier « sentait » son entreprise. Il la sentait comme un capitaine sent son bateau et son équipage; il la sentait unie, tournée d'un seul tenant vers l'avenir, faisant bloc pour gagner et il en était enthousiasmé. Il devait tout faire pour maintenir cet état d'esprit.

Si la musique ne lui avait pas tellement manqué, Xavier aurait été le plus heureux des hommes. Il se consolait toutefois en continuant d'assister à des concerts où sa vaste culture musicale, ses yeux et son imagination palliaient l'absence de sons... et il pensait à Beethoven dont la surdité n'avait pas freiné l'élan créateur.

Les mois passèrent, Xavier et son entourage s'étaient installés dans cette nouvelle vie.

Un an et demi après ce fameux mardi où il était entré dans l'univers des non-entendants, Xavier se réveilla en sursaut, au beau milieu de la nuit. Il ne se sentait pas bien du tout. Il ne comprenait rien à ce qui lui arrivait. Il avait l'impression que quelque chose résonnait dans sa tête. Il appliqua de l'eau froide sur son visage et c'est à ce moment-là qu'il réalisa ce qui se passait : il entendait à nouveau un peu, très peu en fait, mais il était tellement habitué au silence complet, qu'un simple grincement du lit avait sans doute suffi à l'éveiller. Il se recoucha mais ne put se rendormir. Il hésitait entre la joie et l'inquiétude. Il avait tellement aimé cette absence de bruit, sa maladie lui avait apporté tant de choses. Il avait peur de perdre sa sagesse, peur de redevenir ce qu'il était avant : un homme toujours pressé, ne voyant personne, n'écoutant personne. Il décida de se donner quelques jours de réflexion avant d'en parler à sa femme et même à son médecin.
Il n'était pas encore capable de mesurer son degré de récupération. Il n'entendait pas la respiration de sa femme mais il avait l'impression de percevoir quelques-uns des bruits de la rue.

Une période difficile commença pour Xavier : son audition s'améliorait de jour en jour et il ne se décidait toujours pas à annoncer sa guérison, il continuait à simuler la surdité.

Il avait du mal à ne pas réagir lorsqu'il entendait prononcer son nom, mais il finit par s'amuser de cette situation et on le vit de plus en plus souvent dans les couloirs. Il en vint même à se demander s'il n'allait pas continuer à feindre pendant quelques mois encore, pour préserver sa tranquillité... et pourquoi pas, pour « prendre le pouls » de son personnel à l'insu de tous.

Il pensa bien mettre sa famille au courant, mais il n'avait pas envie de jouer deux rôles et il était persuadé que sa femme ou ses enfants le trahiraient involontairement auprès de ses collègues.

Trois mois passèrent, Xavier était de plus en plus à l'aise dans sa performance d'acteur. Il se sentait tout puissant. Sa surdité lui avait permis d'aiguiser sa vision, de développer son sens de l'observation, de s'intéresser à la psychologie de ses proches. Les entendre sans qu'ils le sachent lui permettait maintenant de tout savoir d'eux, de les manipuler pour en faire ce qu'il voulait.

Xavier était enfin ce qu'il avait toujours voulu être: le maître absolu.
Il décida de continuer à jouer, à vie, la comédie de la surdité.

Il n'eut pas l'ombre d'un remords; il avait suffisamment souffert de sa maladie pour avoir le droit de conserver tout ce qu'elle lui avait apporté.

Une année passa ainsi. Ce fut une bonne année, pour

Xavier comme pour ses proches. Ils ne soupçonnaient rien et se sentaient compris et aimés du « grand homme » comme jamais ils ne l'avaient été.

C'est à Noël que Xavier commença à se sentir moins à l'aise : *les sons se mirent peu à peu à envahir son univers.*

Poursuivre sa comédie lui demanda de plus en plus d'efforts. Il ne pouvait rien dire lorsque son fils mettait la sono à fond, il ne pouvait pas interrompre les interminables bavardages de sa femme et de sa fille, la rumeur de la rue lui devenait intolérable. Il en vint à perdre le sommeil et son travail finit par s'en ressentir.
Il s'obstina. Il était allé trop loin dans la comédie pour pouvoir reculer. Il mobilisa toute son énergie pour ne pas se trahir. Il se replia complètement sur lui-même, évita toute sortie, refusa de recevoir ses amis. Ses proches s'inquiétèrent et le poussèrent à consulter un médecin. Il n'en fit rien. Il n'était plus capable de penser. Une seule chose comptait désormais pour lui : se protéger de toute forme de bruit pour pouvoir continuer à feindre la surdité.
Xavier considéra bientôt tous les sons, même la musique qu'il avait tant aimée, comme de véritables agresseurs, des agresseurs qui le menaçaient chaque jour davantage et contre lesquels il devait lutter pied à pied.
Sa vie devint un cauchemar.

Il arrêta de travailler. Il avait compris que jamais il ne pourrait vaincre ses ennemis : ils étaient trop proches, trop nombreux, trop puissants. Sa seule chance de survie était la fuite. Avec beaucoup de difficultés, il trouva une maison isolée dans une campagne calme et presque silencieuse. Il loua une voiture pour pouvoir s'y rendre discrètement. Chaque jour, il partait à pied dans la direction de son bureau, deux rues plus loin, il prenait la voiture de location et se rendait dans la vieille maison de campagne. Là-bas il ne faisait rien, il attendait simplement l'heure de rentrer chez lui en tentant de recréer cet univers ouaté qu'il avait tant aimé lors de sa surdité.

Sa femme apprit quelques semaines plus tard qu'il n'allait plus au bureau. Les collaborateurs de Xavier avaient beaucoup hésité avant de lui en parler.
Elle le fit suivre et ne tarda pas à savoir où il se terrait. Elle se rendit là-bas accompagnée d'un psychiatre.

Il était trop tard pour Xavier.

Son refuge découvert, il se crut perdu. Le peu de raison qui lui restait l'abandonna. Il ne reconnut même pas sa femme.
Elle prit la seule décision qui s'imposait: le faire interner.
C'est ainsi que se termina la vie de Xavier.

Il avait cru pouvoir impunément passer d'un univers à un autre, il avait cru pouvoir tricher avec tous pour mieux dominer le monde qui l'entourait, mais ce monde avait été le plus fort et, pour la première fois de sa vie, Xavier avait perdu la partie.

TANTE ÉLISE

Stéphane et sa femme Agnès allaient enfin hériter de la tante Élise. Elle était réellement morte, cette fois-ci. Stéphane regrettait bien un peu d'être passé à côté de « l'autre fortune » d'Élise, celle dont il venait de découvrir l'existence, mais il était suffisamment raisonnable pour se contenter de ce qu'il toucherait dans quelques mois. Agnès n'était pas aussi philosophe et elle n'était pas près d'oublier la manière dont Élise les avait traités.

Revenons quelques années en arrière.

Charles et Élise dirigent une pharmacie florissante dans une de ces petites villes du Nord où le pharmacien fait encore partie des notables. Sans enfant, ils amassent, au fil des ans, une petite fortune. Stéphane et Agnès, qui apprécient la gentillesse et la culture de Charles, « montent » souvent de Paris voir l'oncle et la tante.

Charles meurt quelques années après avoir pris sa retraite. C'est alors que le véritable caractère d'Élise se révèle. Sans Charles, plus rien ne la retient. Elle se laisse aller à son égoïsme, à son goût du pouvoir sur des gens qu'elle n'a aucun mérite à dominer : une brave femme de ménage, un voisin serviable, un jardinier trop gentil...

À tous, elle fait miroiter une parcelle de son héritage.

Cette vague promesse lui permet d'exiger de chacun toujours plus de disponibilité et de dévouement.

Quant à Stéphane, elle en fait son *légataire universel*. En échange de ce privilège, il devra venir la voir régulièrement, se charger de la gestion de ses affaires, de sa comptabilité et de divers petits travaux. Il devra, surtout, séjourner chez tante Élise au mois d'août, pendant les vacances de la femme de ménage, et y jouer les hommes à tout faire. Août, c'est le mois que Stéphane préfère, le mois pendant lequel il aimerait profiter de ses petits-enfants, jouer avec eux, leur transmettre son savoir... Mais que ne ferait-on pas pour hériter d'une fortune !

Élise survivra dix ans à son mari. Pendant cette décennie, elle jouera avec les personnes de son entourage, avec leur sens du devoir, leur pitié parfois, leur exaspération souvent, leur envie d'argent toujours.

Les premières années, Agnès accompagne Stéphane pour que cette corvée du mois d'août passe plus vite. Ils rient sous cape des manies de la tante, se moquent de ses casseroles datant de la guerre de 1914, de ses assiettes ébréchées qu'il ne faut surtout pas jeter... Ils supportent moins le sommier défoncé, le matelas qui n'est plus que ressorts, et la nourriture médiocre. Ils acceptent d'autant moins ces mesquineries qu'ils connaissent la richesse de tante Élise !

Et puis, il y a ces crises d'urticaire dont se plaint Agnès et qui, curieusement, cessent dès qu'ils rentrent chez eux.

Agnès tiendra quatre étés avant de réduire, de deux semaines, son séjour chez tante Élise. Cela ne change pas grand-chose. Les crises d'urticaire durent moins longtemps, mais elles s'aggravent. Agnès annonce alors à Élise qu'elle devra désormais garder ses petits-enfants tout le mois d'août et qu'elle ne pourra plus accompagner Stéphane.

Le premier mois d'août « libre » d'Agnès est merveilleux. Sa conscience la tenaille bien un peu lorsqu'elle téléphone à son mari qui s'ennuie à mourir, mais elle se dit que tante Élise n'est pas éternelle !

Les mois d'août des années suivantes sont moins idylliques : l'urticaire d'Agnès reprend, légèrement la deuxième année, beaucoup plus violemment les années suivantes ! Elle ne comprend pas ce qui lui arrive et aucun médecin ne parvient à la soulager.

De son côté, Stéphane joue son rôle de Maître Jacques auprès d'Élise : il lui sert de chauffeur, fait ses courses, entretient la maison... Après tout, un héritage, cela se mérite !

Le jardinier, qui commence à bien connaître Stéphane, se décide à lui parler des bizarreries d'Élise, de ses escapades, Dieu sait où, chaque mercredi. Stéphane écoute attentivement mais répond évasivement. Il explique au jardinier qu'il n'est pas responsable de sa tante, que c'est à elle de gérer sa vie et qu'il n'interviendra que s'il y a « danger ». D'ailleurs, malgré son mauvais caractère, Élise se comporte normalement en sa présence.

La femme de ménage, qui ne voit Stéphane que quelques jours dans l'année, lui en apprend beaucoup plus. Le comportement d'Élise est de plus en plus curieux : la plupart du temps elle ne bouge pas de sa chambre, reste quasi-muette et oublie parfois même de manger. Et puis, le mardi, elle semble reprendre goût à la vie et, le mercredi, elle se lève tôt et s'engouffre dans un taxi sans même prendre le temps d'un petit déjeuner. Elle rentre dans la soirée, épuisée mais ravie, riant de tout et de rien. Elle prend une légère collation, se couche et s'endort aussitôt. Le lendemain, elle est redevenue elle-même : pénible, exigeante et renfermée.

Stéphane ne sait pas quoi faire. *Tante Élise perdrait-elle la tête ?*

Peut-être pourrait-il « interroger » habilement le médecin de famille de sa tante, ou encore, son notaire, un vieil ami de Charles.
Il se décide pour le notaire et lui fait part de ses interrogations. Le notaire le rassure : tante Élise est en pleine forme, elle l'a d'ailleurs fait venir deux fois dans la semaine, pour affaire.

Stéphane est très inquiet. Il pensait que tout avait été définitivement réglé et qu'Élise, par respect pour les dernières volontés de son mari, ne changerait plus rien au testament.

Stéphane n'hésite plus : son héritage est en jeu. Il faut qu'il comprenne et « contre-attaque » si nécessaire.

Il doit découvrir ce que cachent ces fameux mercredis d'Élise.

Dès le mardi suivant, il réserve une chambre d'hôtel dans une ville proche de celle de sa tante et loue une voiture. Prétextant des démarches urgentes à faire dans sa ville natale, il rend visite à Élise en fin de matinée et lui dit qu'il rentre le soir même sur Paris.
Stéphane réalise très vite la gravité de la situation. Élise est en pleine période d'exaltation : elle le reçoit avec chaleur et le régale d'un somptueux repas. Stéphane la quitte très vite, soi-disant pour attraper le train de quinze heures.
Le mercredi matin, à sept heures trente, Stéphane est à son poste d'observation, au volant de sa voiture de location, à une distance raisonnable de la maison de tante

Élise. Il est aux aguets, tendu dans l'attente du taxi qui ne devrait pas tarder à arriver. Il a prévu de passer une bonne partie de la journée dans sa voiture, alors il s'est équipé pour une longue surveillance : une paire de jumelles, une thermos de café, des sandwiches, de l'eau, quelques gâteaux.

À huit heures, un véhicule s'arrête devant le portail de la vieille maison. Élise sort. Stéphane n'a aucun mal à suivre le chauffeur qui quitte rapidement la ville et se dirige vers Douai où il s'arrête, en haut d'une petite rue. Élise attend que la voiture ait filé pour faire une centaine de mètres. Stéphane la voit alors ouvrir prudemment la porte d'un garage. Il a juste le temps d'apercevoir un lavabo, un miroir et des armoires métalliques disposées tout autour de la pièce.

Vingt minutes plus tard, Élise ressort, métamorphosée. Stéphane a le souffle coupé : la « mémé » à laquelle il est habitué s'est muée en une dame à l'élégance sûre, une dame presque belle si elle n'avait été aussi âgée. Des chaussures au chapeau, en passant par le sac et les gants, tout est du meilleur goût : vêtements à la coupe et au tissu parfaits et accessoires très « couture » !

Les pensées se bousculent dans la tête de Stéphane et il a bien du mal à prendre en filature le nouveau taxi qui attend tante Élise.

Il pensait la connaître ; il réalise soudain qu'il ne sait presque rien d'elle ni de sa famille. Il l'appelle « Tante » car elle est la femme de Charles, un cousin de son père. Il se souvient seulement que Charles a fait un mariage tardif avec Élise qui était veuve à l'époque.

Quelques minutes plus tard, le chauffeur d'Élise ralentit et pénètre dans le parc d'un relais château. C'est un endroit où Stéphane n'est jamais allé ; il connaît les prix pratiqués dans ce genre d'établissements et ils lui ont toujours paru dissuasifs. Stéphane parvient à suivre sa tante sans se faire remarquer. Il observe qu'elle est accueillie comme une habituée et qu'on la conduit vers une table où l'attend un copieux petit déjeuner. Il ressort discrètement, s'installe le plus confortablement possible dans sa voiture et boit son premier café. Une heure plus tard, Élise quitte le château. Stéphane reprend sa filature. Elle sera longue, près de cent kilomètres, et difficile. Au bout d'une soixantaine de kilomètres, Stéphane relâche son attention, il pense avoir compris où va sa tante.

Il en est sûr maintenant : elle va dans le village de la famille de Charles.
Que peut-elle avoir à y faire ? Serait-elle en train de trahir la mémoire de son mari ? Aurait-elle renoué avec Serge, le frère de Charles ?

Stéphane se souvient que les deux frères avaient fini par se haïr et que leurs familles avaient rompu toute relation. Il n'avait jamais compris la raison de cette brouille.

Que peut-il bien se passer dans la tête de la Tante ? Quel mauvais coup prépare-t-elle ?

Stéphane est aveuglé par la colère. Élise est vraiment insupportable ! Elle avait dit qu'elle respecterait la volonté de Charles, que jamais elle ne donnerait signe de vie à sa belle-famille, qu'elle ne lui léguerait pas un centime, pas même un souvenir. Stéphane parvient à se calmer. Il doit avant tout réfléchir.

Pourquoi Élise revoit-elle la famille de Charles ? A-t-elle des remords ?

Stéphane ne peut pas payer les services d'un détective. Il doit se débrouiller seul et rester très discret : Élise pourrait se douter de quelque chose et il perdrait tout.

Stéphane avait raison : le taxi dépose Élise devant la maison de Serge. Il est plus de midi et elle va sans doute déjeuner en tête-à-tête avec son beau-frère, veuf depuis près de quatre ans. Une heure plus tard, une Mercedes avec chauffeur s'arrête devant chez Serge. Élise et lui s'engouffrent à l'intérieur. Stéphane, qui a tout juste eu le temps d'avaler ses sandwiches et de boire un peu d'eau, redémarre. Le couple entre bientôt dans l'un des plus grands restaurants de la région. Stéphane n'en revient pas : Serge n'a jamais été riche et Élise est tellement avare lorsqu'il s'agit de payer pour les autres ! Là aussi, Élise est connue. Le maître d'hôtel se précipite au-devant d'elle, elle lui glisse un billet... Elle que Stéphane n'a jamais vu donner un pourboire à qui que ce soit !

Stéphane se prépare à une longue attente.

Vers seize heures, Élise et Serge sortent. Ils semblent tous deux d'excellente humeur. Stéphane est furieux : comment osent-ils ? Il les interpellerait volontiers tellement leur attitude le choque. Quelque chose le retient pourtant de se manifester : ce n'est pas la peur de perdre son héritage, c'est plutôt le fait que « la » tante Élise, qu'il voit au bras de Serge, n'a plus rien à voir avec la femme qu'il connaît. Lui faire le moindre reproche serait ridicule, incongru. Elle est rayonnante, souveraine et Stéphane se sent incroyablement faible et désarmé. Le chauffeur les reconduit chez Serge. C'est alors seulement que Stéphane remarque que la maison a été totalement transformée. Il avait le souvenir d'une maison ordinaire, vieille et peu entretenue. Il se trouve face à une belle villa, presque neuve. Le toit de la vieille maison a été rehaussé avec habileté ; les fenêtres ont été habillées de balcons cernés de grilles en fer forgé et un superbe jardin d'hiver, à l'ancienne, a été bâti sur l'un des côtés de la maison. Et dire qu'il n'avait rien remarqué de tout cela ce midi !

Stéphane ne comprend pas. La situation financière de Serge n'a jamais été brillante et il n'aurait jamais pu se permettre de faire faire des travaux d'une telle ampleur. La seule personne susceptible de l'aider était tante Élise. Elle ne l'a pas fait : Stéphane le sait bien puisqu'il se charge de sa comptabilité.

Il décide de cesser sa filature. Il en a assez vu. Il lui reste encore une bonne partie de l'après-midi, autant l'utiliser pour essayer d'obtenir quelques renseignements supplémentaires. Il repasse devant le grand restaurant et l'envie le prend d'interroger le maître d'hôtel :

« *J'ai cru reconnaître tout à l'heure, avec M. X..., une de mes tantes que j'ai perdue de vue depuis des années, Mme Y... Je n'ai pas osé les aborder par peur de me tromper. Était-ce bien d'elle dont il s'agissait ?* »

Stéphane n'est qu'à moitié surpris de la réponse : il n'a jamais entendu le nom que lui donne bien volontiers le maître d'hôtel. Peut-être est-ce un pseudonyme ou, plus simplement, le nom du premier mari d'Élise. Il vérifiera cela plus tard.

Stéphane est trop épuisé pour continuer ses investigations. Il préfère rentrer à l'hôtel et réfléchir à ce qu'il fera le lendemain.

Il n'en a pas le temps, Élise a laissé un message à la réception : elle l'attend ce soir pour dîner, il a à peine une heure devant lui !

Stéphane s'affole.

Comment a-t-elle su qu'il était là ? Il lui avait pourtant dit qu'il rentrait à Paris !

Élise est sur le pas de la porte. Elle accueille Stéphane avec le sourire. Elle a retrouvé son apparence habituelle, avec ses vêtements de vieille provinciale près de ses sous et son air ordinaire. Stéphane est très mal à l'aise. Que sait-elle au juste ? Élise s'amuse manifestement de son embarras. Au bout de quelques minutes de bavardage sans intérêt, elle se décide enfin à entrer dans le vif du sujet :

« *Mon pauvre Stéphane, tu as cru que je ne remarquerais rien à ton manège, que tu pourrais me filer toute une journée sans que je m'en aperçoive ? Tu n'as pas trouvé curieux que le maître d'hôtel d'un grand restaurant où je vais depuis des années te donne mon nom aussi facilement ? Tu es vraiment d'une naïveté sans borne, ou tu n'as pas la moindre imagination ! Depuis plus de trente ans que je mène une double vie, je suis passée maître dans l'art du camouflage. Personne n'a jamais rien su, et toi, tu as pensé que tu pourrais me suivre sans être vu ! Mon pauvre ami, tu n'as pu le faire que parce que je le voulais bien ! Je me suis laissée suivre parce que cela m'amusait ; parce que j'avais la certitude que tu ne pouvais plus rien contre moi. Personne ne peut plus rien contre mon amour pour Serge. C'est de cela dont il s'agit, tu l'as deviné, bien sûr. Et puis, je m'amuse tellement à t'observer, toi, le futur héritier de ce que tu crois être une fortune : le dixième à peine de ce que recevra Serge à ma mort. Je sais que tu as parlé à mon jardinier et à ma femme de ménage ! Tu es tellement prévisible, mon pauvre Stéphane ! Quant au notaire, c'est un ami de toujours, tu n'aurais pas dû l'appeler, c'est lui qui m'a mis la puce à l'oreille en me disant que tu lui avais téléphoné la semaine dernière.* »

Stéphane ne répond pas. Il n'a jamais eu le sens de la repartie et que dire quand on s'est fait prendre à ce jeu minable de détective amateur. Il se sent ridicule devant Élise.

D'ailleurs, elle n'attend pas de réponse. Elle sourit du silence de Stéphane et continue :

« Tu ne sais pas qui je suis. La véritable Élise est celle que tu as vue aujourd'hui. J'ai connu Serge bien avant Charles et je l'ai aimé dès notre première rencontre. Serge aussi m'a aimée tout de suite. Malheureusement, il était marié et avait déjà ses deux enfants. Nous avons décidé que j'épouserais son frère; nous aurions ainsi l'occasion de nous voir régulièrement et des prétextes plausibles si quelqu'un de connaissance nous voyait ensemble. Nous avons aussi décidé de nous octroyer, quoiqu'il arrive, une journée dans la semaine, sauf au mois d'août; c'est pour cela que tu n'avais jamais entendu parler de mes mystérieuses escapades! Pour moi, cela n'a pas été trop difficile. J'aidais Charles à la pharmacie et je lui avais demandé cette journée hebdomadaire pour visiter des expositions de peinture, faire des pastels... Je faisais tout cela, mais avec Serge. J'ai conservé cette habitude lorsque Charles a pris sa retraite. Serge, par contre, a dû organiser son travail en camouflant cette journée de liberté. Je l'ai toujours aidé financièrement. Mon premier mari était extrêmement riche et j'ai hérité de toute sa fortune. Charles n'en a jamais rien su. Comme il était très avare, je me suis habituée à vivre chichement. Cela n'avait pas grande importance, seuls les mercredis comptaient!

Tous les biens qui me viennent de mon premier mari iront à Serge et à ses enfants. J'ai toujours considéré mes neveux comme mes propres enfants. Je les ai conseillés et guidés dans leurs études. Même lorsque Charles et Serge ne se fréquentaient plus, je m'arrangeais pour voir mes neveux, leur téléphoner, rester en contact permanent avec eux. Charles n'a jamais compris ce qui me liait à son frère. Il sentait confusément que ce lien le dépassait, qu'il ne pourrait rien faire contre, mais il ne soupçonnait pas notre liaison. Pour écarter ce qu'il savait être un danger, il a saisi toutes les occasions possibles pour se brouiller avec Serge et, malgré tous nos efforts de conciliation, il y est parvenu. Cela ne nous a pas simplifié la vie. Heureusement, cette situation n'a duré que quelques années. Charles mort, j'ai pu reprendre mes visites officielles à la famille de Serge. Sa femme, elle, a eu très tôt des soupçons, mais elle a préféré se taire et profiter de mon argent. Je lui accordais tout ce qu'elle souhaitait pour ses enfants, pour sa maison. Tu te demandes sans doute pourquoi je ne vis pas avec Serge depuis que sa femme est morte et que nous sommes libres tous les deux. Cela ne nous conviendrait pas du tout. Nous avons besoin du mystère qui entoure notre relation. Nous avons besoin du plaisir de nous cacher, besoin de nous réjouir le mardi à la pensée du mercredi à venir, besoin de savourer cette journée volée à notre entourage, besoin de nous la remémorer avec émotion le lendemain et les jours suivants.

Mais rassure-toi, cette histoire ne change rien pour toi, tu restes légataire de l'argent de Charles !

Par contre, dis à Agnès de faire un effort ! Elle m'horripilait quand elle venait au mois d'août, mais je ne lui pardonne pas de ne plus venir ! Je sais qu'elle ne garde pas ses petits-enfants : ton fils me l'a dit, il n'était pas au courant de vos mensonges ! Je te conseille de la convaincre de venir ici cet été, sinon il se pourrait que je ne vous laisse plus rien du tout ! »

C'est sur cette menace qu'Élise achève son long monologue. Stéphane est assommé par ces révélations et le dîner est vite terminé. Il rentre à l'hôtel. Il se sent misérable. Le seul avantage de sa situation est qu'il connaît maintenant la vérité et qu'il peut rentrer chez lui sans poursuivre sa stupide enquête.

Mais il n'est pas au bout de ses peines. Deux heures après son retour à Paris, la femme de ménage de la Tante l'appelle : Élise vient de faire une tentative de suicide aux barbituriques, le médecin est auprès d'elle. Stéphane doit repartir immédiatement et Agnès doit l'accompagner, tante Élise exige leur présence. Stéphane est furieux, quelle comédienne! Comme si une pharmacienne pouvait rater son suicide!

Le médecin vient de partir. Élise se repose. Stéphane lui fait la morale : elle l'écoute à peine. Agnès en profite pour téléphoner au médecin : il ne s'explique pas comment Élise peut être encore en vie après avoir avalé ce qu'elle prétend avoir avalé ; il pense plutôt à une mise en scène pour ennuyer ses proches.
Deux jours passent, sans événements particuliers. Stéphane et Agnès, dont l'urticaire a repris avec violence, envisagent de rentrer. Élise leur demande de rester encore quelques jours. Ils cèdent.
Leur attente ne durera pas longtemps. Trois jours plus tard, un matin, à neuf heures, ils retrouvent tante Élise morte dans son lit. Deux lettres trônent sur sa table de nuit : l'une est pour Stéphane, l'autre est adressée à Serge.
Celle de Stéphane ne comporte que deux phrases : « *La semaine dernière n'était qu'une répétition. Je vous ai bien eus! Bonne continuation quand même!* »
Agnès ne résiste pas à la tentation de lire celle destinée

à Serge. C'est une magnifique lettre d'amour, longue de plus de quatre pages, rappelant les meilleurs souvenirs de leurs rencontres. Élise conclut par ces simples mots :

« *Pardon de te quitter déjà, mais je voulais tellement que tu gardes de moi l'image d'une femme encore séduisante que j'ai préféré partir avant mon heure.*

Je t'aime à jamais ! »

Malgré sa rage, Agnès est émue par la beauté de cette lettre, par l'intensité de l'histoire cachée d'Élise et Serge.

Stéphane lui laisse à peine le temps de remettre la lettre dans l'enveloppe : il a décidé de fouiller la maison dans ses moindres recoins, avant l'arrivée de la femme de ménage, vers treize heures. Il déclarera le décès le plus tard possible. Ils commencent par le grenier, la seule pièce de la maison qu'ils ne connaissent pas. Il n'y a que des boîtes : des dizaines de boîtes en carton de toutes les formes, de toutes les tailles et de toutes les couleurs. Certaines sont remplies de gants, d'autres de mouchoirs, de bijoux de pacotille, d'autres encore sont vides, emboîtées parfois les unes dans les autres. Au bout de trois heures, ils les ont toutes contrôlées, sauf une, la plus inaccessible. Stéphane réussit à l'atteindre. Elle contient un mot d'Élise et une curieuse pelote d'épingles en forme de poupée.

Le mot dit simplement :

« *Je savais que vous commenceriez par fouiller le grenier ! Ne vous fatiguez pas à mettre sens dessus dessous le reste de la maison : à part les tableaux, vous n'y trouverez plus aucun objet de valeur ! Ma mort était préparée depuis longtemps et j'ai donné tout ce qui était beau aux enfants de Serge. Si Agnès veut se débarrasser de ses crises d'urticaire, c'est très simple : qu'elle enlève les épingles de la poupée qui la représente et elle se sentira immédiatement mieux. Je lui avais jeté un sort pour me venger d'elle, de sa cupidité, de son égoïsme. La magie africaine a toujours été une de mes passions; cela aussi vous l'ignoriez!* »

Agnès est très sceptique, elle hésite à croire ce qu'affirme Élise. Stéphane, qui a vu ce dont sa tante était capable, enlève les épingles de l'affreuse poupée. Agnès est bien obligée d'admettre qu'elle commence déjà à se sentir mieux. Deux heures plus tard elle n'aura plus aucune démangeaison et les vilaines traces rouges qu'elle avait sur la peau auront disparu.
Stéphane continue de faire confiance à Élise et abandonne la fouille de la maison. Il pense soudain au garage que sa tante a utilisé pour se changer avant son rendez-vous avec Serge. Peut-être y a-t-elle laissé des vêtements ou des accessoires qu'Agnès pourrait récupérer. Stéphane a de la chance; la clef est encore dans le sac à main d'Élise. Il n'a aucun mal à retrouver la petite rue de Douai où le premier taxi a déposé sa tante. Il n'a pas noté le numéro du garage lui-même, mais, après quelques essais de serrures, il parvient enfin à pénétrer dans l'un d'entre eux. Le garage est complètement vide; même les meubles ont disparu. Il ne reste que le lavabo et son miroir sur lequel un mot d'Élise est scotché, comme pour le narguer :

Cher Stéphane,

Tu es arrivé trop tard! Les chiffonniers d'Emmaüs sont passés il y a deux jours! Les armoires et les vêtements seront vendus aux enchères. L'argent récolté sera plus utile aux pauvres qu'à toi et Agnès.
J'espère que tu ne m'en veux pas trop?
Il serait peut-être temps que tu préviennes la police, le

médecin et le notaire, de mon décès. Maria va bientôt arriver!

Rassure-toi, tu n'auras aucune démarche à faire pour mon enterrement; notre ami le notaire se chargera de tout. C'est lui aussi qui préviendra Serge. Il le fera avec gentillesse; c'est le seul qui ait jamais été au courant de notre amour.

Adieu,

    Tante Élise.

Élise repose maintenant à côté de la femme de Serge. Le notaire a veillé à ce que tout soit fait selon la volonté de son amie.

L'AIGLE

Un pavillon de la région parisienne, une famille « ordinaire » de cinq personnes, une nounou.

1990, un beau matin du mois de mai

Une brume opaque et un silence presque étouffant se sont soudain abattus sur le jardin. Étonnés, nous sortons et nous le devinons plutôt que nous ne le voyons : calme, hautain, majestueux, il s'est posé sans bruit sur la table de jardin. « Il », un magnifique aigle royal, descendu d'on ne sait où, apportant avec lui la pureté, la fraîcheur et les nuages des cimes. Il ne semble pas le moins du monde effrayé par notre présence, plutôt indifférent en fait, nous n'osons pas bouger, encore moins parler, nous avons peur de rompre le charme. Même Bébé se tait, il a compris que quelque chose de magique est en train de se produire. Alentour, plus rien ne semble exister : les bruits de voitures ne nous parviennent plus, la tondeuse du voisin s'est tue, tout comme les cris des enfants jouant dans notre rue. Combien de temps sommes-nous restés là, silencieux, immobiles, respectueux même, à contempler la silhouette de l'Oiseau ? Une minute, un quart d'heure peut-être ? Nous avons perdu la notion du temps.

La brume se dissipe aussi brusquement qu'elle est apparue. Nous percevons l'envol puissant du seigneur des airs... et tout redevient comme « avant ».

Nous interrogeons les voisins : ils n'ont rien vu, rien entendu, rien remarqué. Nous écoutons les informations, téléphonons même à la police : aucun aigle ne s'est échappé d'un zoo ou n'est recherché. Troublés, nous retournons à nos diverses occupations.
Le soir venu, nous nous parlons à peine ; un accord tacite nous conduit à ne pas évoquer « l'événement ». Nous nous sentons bien, heureux, comme libérés... Mais sans savoir de quoi. Nous dormirons tous comme jamais nous n'avons dormi.

La vie reprend son cours, rythmée par les activités de chacun. Nous ne parlons plus de l'Aigle, mais son souvenir demeure présent dans nos esprits.

Bébé change, bien sûr, il grandit, commence à dire quelques mots... Mais nous remarquons qu'une transformation profonde de sa personnalité s'opère par petites touches : auparavant turbulent, il s'assagit progressivement ; le temps qu'il consacre à un même jeu s'accroît sensiblement ; il paraît attacher beaucoup moins d'importance à ses deux frères, à ses parents et même à sa nounou ; il donne l'impression d'être loin de tout, de rêver.
Il va nous falloir être très attentifs à cette évolution.

1990, une chaude journée du mois de juillet

Un refroidissement brutal dans le jardin, la brume et le

silence revenus et l'Oiseau qui s'est posé au même endroit. Nous sortons sans bruit. Nous nous approchons lentement de lui pour essayer de mieux le voir ; nous n'entreverrons que son regard. Il nous observe, mais ne s'intéresse apparemment qu'à une seule personne : Bébé. Nous ne parlerons pas plus que lors de sa première apparition. Il partira de la même manière, emportant avec lui fraîcheur, brume et silence. Tout redeviendra comme « avant »... ou presque, car la suite nous montrera que rien ne sera jamais plus comme « avant ». Nous ne parlerons pas aux voisins de « l'événement ». Nous n'écouterons pas la radio et ne téléphonerons pas à la police... À quoi bon tout cela ? Le sens de cette histoire doit être ailleurs.

Bébé continue de grandir. Son caractère rêveur s'accentue ; nous avons l'impression qu'il nous observe constamment, nous épie même, pour revenir ensuite à ses rêves. Nous jugerait-il ?

Un mot lui plaît tout particulièrement : « eliquilaa ». Il le répète de plus en plus souvent.

1990, une après-midi pluvieuse du mois d'août

« Il » est revenu. Il s'est posé. Les nuages et la pluie ont disparu de notre jardin, l'air s'est fait transparent, miraculeusement frais et pur, le ciel est redevenu bleu et nous l'avons enfin vu clairement : superbe, immense, impressionnant. Son regard fixe est rivé sur le visage de Bébé qui sourit et commence à parler. Nous ne reconnaissons pas les mots que Bébé emploie, ils n'appartiennent pas à son « langage » habituel, ils n'appartiennent pas non plus à notre langue, pas plus qu'à celle de sa nounou ou à une autre langue connue. Un mot nous est cependant familier :

« eliquilaa » et l'Aigle réagit à ce mot, sa tête bouge, ses yeux changent de direction, il semble prêt à parler. Bébé lui tourne brusquement le dos et rentre dans la maison. L'Aigle s'envole, les nuages et la pluie reviennent, nous rentrons à notre tour.

Bébé change. Il nous observe avec encore plus d'acuité, ses yeux se font plus perçants. Il parle de mieux en mieux et de plus en plus, avec des mots de notre langue cette fois. Nous aussi, nous changeons. Nous sommes plus calmes, plus sereins, les soucis ont moins d'emprise sur nous. Un point de notre comportement nous inquiète toutefois : nous nous surprenons à guetter systématiquement l'approbation de Bébé pour toutes nos décisions, comme si nous n'avions pas d'autre alternative.

Nous devrons aussi être attentifs à cela.

1990, la rentrée scolaire, un temps magnifique

Les deux grands sont partis vers l'école. Bébé est avec sa nounou. La nounou ne sait rien, elle ne connaît pas l'histoire de l'Aigle. Les lignes qui suivent nous ont été rapportées par elle :

« Bébé a dormi jusqu'à dix heures ce matin. Il a réussi à sortir seul de son lit et à descendre l'escalier comme s'il s'agissait d'une échelle. Il a refusé son petit déjeuner et a bruyamment manifesté son désir d'aller dans le jardin. Je l'ai laissé faire tout en le surveillant. Il a regardé le ciel et a commencé à *parler* avec des mots que je n'avais jamais entendus, sauf un : *eliquilaa*. Puis, il s'est tu et son visage s'est transfiguré : plus rien ne semblait exister autour de lui, c'était le visage de la sérénité absolue. Je n'ai jamais vu cela, même chez les vieux de mon village! Je l'ai appelé cinq ou six fois, il n'a pas bougé, il ne m'entendait pas. Le temps s'est brutalement dégradé, je l'ai alors pris par la main pour le faire rentrer. Le beau temps est revenu instantanément. Bébé est redevenu « normal », comme s'il avait tout oublié : il a pris son biberon et s'est mis à jouer sagement dans sa chambre. La journée s'est achevée sans problème, mais, depuis, j'ai l'impression bizarre d'être sortie de son univers. »

Des semaines, puis des mois ont passé. Bébé est devenu « Petit Homme ». Il est sérieux, calme, réfléchi. Il ne parle jamais de l'Aigle, il ne dit plus jamais « eliquilaa ». Physiquement, il a beaucoup changé, comme tout enfant entre un et deux ans, mais, ce qui nous frappe le plus, c'est la transformation de son visage : il n'y a plus aucun rapport entre le visage qu'il avait, celui que nous pensions qu'il aurait en grandissant et son visage d'aujourd'hui. Ses traits se sont affinés ; ses yeux noisette se sont éclaircis et prennent de plus en plus souvent des reflets jaune doré, son regard n'a rien perdu de sa fixité et nous nous sommes aperçus qu'il voyait clairement des objets très éloignés que nous-mêmes distinguions à peine.

L'Aigle nous rend visite régulièrement, mais la brume qui l'entoure se fait chaque fois plus épaisse et opaque et nous le distinguons de moins en moins. « Petit Homme » et lui dialoguent maintenant dans un langage qui leur est propre. Nous ne nous étonnons même pas d'entendre la voix de l'Oiseau : il fait partie de notre vie.

« Petit Homme » a pris en douceur le contrôle de la maison, le contrôle de nos actes, le contrôle de nos pensées. Toute résistance eut été vaine. Pourquoi résister d'ailleurs, puisque tout n'est maintenant que paix et harmonie en nous et entre nous.

1992, une matinée pluvieuse du mois de mars

L'Aigle vient de se poser au jardin, le temps s'est instantanément éclairci et, pour la deuxième fois, nous l'avons vu parfaitement. Fascinés, nous avons enfin pris conscience de la ressemblance qu'il y avait entre le visage de « Petit Homme » et la tête de l'Oiseau. Nous avons constaté avec effarement la similitude de leurs attitudes, leur parfaite complicité.

L'Aigle a longuement parlé à « Petit Homme », il s'est ensuite tourné vers nous et a murmuré : « Adieu. »

Il s'est alors dissous dans l'atmosphère laissant place à la grisaille et à la pluie.

Nous ne l'avons plus jamais revu.

Avons-nous rêvé l'Oiseau, l'Eliquilaa de « Petit Homme » ?
Qu'est-il ou qui est-il ?
Pourquoi nous a-t-il choisis ?
Pourquoi cette alliance avec « Petit Homme » ?
Pourquoi nous a-t-il quittés ?

Et s'il était simplement la représentation de ce qu'il y a de mieux en nous : notre aptitude à rêver, notre sens du merveilleux, notre désir de liberté, notre capacité à voir plus loin, à voir de plus haut, une partie de notre conscience peut-être ?

Et « Petit Homme ? Qui est-il réellement ?
Quels sont ses liens avec l'Aigle ?
Pourquoi cette ressemblance physique avec lui ?
Pourquoi cet enfant nous est-il tellement supérieur ?

Et s'il nous avait simplement été donné pour que plus jamais nous ne perdions de vue l'essentiel; pour que toujours nous nous souvenions que ce qui fait la beauté d'une vie peut être aussi fugace qu'un oiseau.

À quoi bon répondre à toutes ces questions puisque « Petit Homme » continue de guider nos vies. Vivons, cela suffira.

TABLE DES MATIÈRES

Lorsque le passé rejoint le présent 7

   Un tableau dont personne ne voulait 9
   La bague de rubis 25
   Une promesse 39
   Trois siècles trop tard 55

Ces vies que l'on dit ordinaires 69

   Un changement d'univers 71
   Tante Élise 83
   L'Aigle 101

**ACHEVÉ D'IMPRIMER
SUR LES PRESSES DE
L'IMPRIMERIE J.-C. LAVIELLE
A VERNEUIL-SUR-AVRE (EURE)**

N° d'éditeur : 0007 – Dépôt légal : février 2005